有爱的青春陪伴者

Ta Jichi Yufeng
他疾驰予风
海殊 / 著
花山文艺出版社
河北·石家庄

图书在版编目(CIP)数据

他疾驰于风 / 海殊著. -- 石家庄 : 花山文艺出版社, 2023.3
ISBN 978-7-5511-6409-2

Ⅰ. ①他… Ⅱ. ①海… Ⅲ. ①言情小说－中国－当代 Ⅳ. ①I247.5

中国国家版本馆CIP数据核字(2023)第017842号

书　　名：他疾驰于风
Ta Jichi Yu Feng
著　　者：海　殊

特约编辑：欧雅婷
责任编辑：于怀新
责任校对：卢水淹
装帧设计：Insect　孙欣瑞
封面绘制：似山音
美术编辑：王爱芹
出版发行：花山文艺出版社（邮政编码：050061）
（河北省石家庄市友谊北大街330号）
销售热线：0311-88643221
传　　真：0311-88643225
印　　刷：长沙鸿发印务实业有限公司
经　　销：新华书店
开　　本：880mm×1230mm　1/32
印　　张：8.5
字　　数：153千字
版　　次：2023年3月第1版
2023年3月第1次印刷
书　　号：ISBN 978-7-5511-6409-2
定　　价：39.80元

目录 · MULU

目录 · MULU

第一章
/ 我十八，我成年了

随楠坐了十多个小时的火车，中间转站还用去一个多钟头，到达怀城的时候是晚上六点。

火车站人挤人，远处高楼霓虹闪烁，跟她待了十八年的那个破落小小县城有着完全不同的生活形态和节奏。

她很瘦，一头短发细碎凌乱。

身上唯一的行李是单肩挎着的那个黑色背包，干瘪又陈旧，她被人群裹挟着走下站台，看起来就像个还在上初中的假小子。

随楠在火车站大厅外面的马路边站定，这是她第一次来怀城，手里除了一串电话号码，什么都没有。

电话打出去，响了好几声都没人接。

再打，依旧无人接听。

她皱起细细的眉，嘴角抿着，不是个太高兴的表情。路边灯光下那张原本看起来不太起眼的脸，五官在细看之下其实很耐看，肤色虽然不够白，但胜在细腻光滑。

路边有见她环顾的中年人走上前问她需不需要带路，十块钱，可以帮拿行李送到地铁或者公交站。

她摇头说："不用。"

然后，她伸手拦下一辆橙色的出租车，直接说："师傅，麻烦去城南国富大道57号。"

师傅一开始还以为上车的是个少年，一听声音就笑了。

车开出去，师傅说："小姑娘，听口音不是怀城人吧？去国富大道干什么？探亲？"

不怪司机师傅好奇，国富大道那片可是寸土寸金的地儿，靠近城郊，面积特别广，基本都是独栋别墅的富人区。

随楠把背包拿下来放在身侧，闻言说："不是，去工作。"

……

彼时怀城几个顶尖摩托车俱乐部私下组织的摩托车比赛，就在城南那边一个大型赛车场进行。

傍晚能见度低，就只看见黑白。

红、蓝色几道残影如疾风般在赛道上飞驰而过，半个小时过后，相继停在了终点线的位置。

以数秒成绩领先到达的那人，叫迟俞。

他右脚抵在地上，显得一双腿又长又直，随手摘下头盔扔给等在旁边的工作人员，露出一青茬寸头。单眼皮，高鼻梁，干净清爽又带着点锐利逼人的酷帅模样。

身后追上来的人停在他身边笑着道：“我说雷鱼，你就不能放放水，每回血虐我们有什么意思？”

“没什么意思。”迟俞嘴角扯了个不明显的弧度，“我高兴。”

“滚蛋！”其他几个人跟着笑骂，“你一职业车手，让那些成天追在你后面的小姑娘知道你这么狗，看你以后还怎么混。”

迟俞长腿一跨从车上下来，淡而无味道：“我赛我的车，谁爱看谁看。”

他向来这样，我行我素。

赛车完全是因为喜欢，不为讨好取悦任何人。

天赋高，能力强，脾气再不怎么好，每次到他上赛道，也多得是小姑娘呐喊助威。

说起来“雷鱼”这个外号，还是取自迟俞名字最后一个字的谐音。

车迷粉丝戏称这位年仅二十一岁的年轻车王，总是习惯在最后的关头炸对手。

他十三岁入行，第一年就拿下了全国公路摩托车锦标赛少年组的冠军，十五岁破格进入成人组比赛，同年代表中国参加亚洲公路锦标赛，打败当时国内著名的赛车手成剑和王越飞一战成名。四年前跟着他的伯乐，也是现在的教练唐天波签给了 YNG，代表车队从国内外捧回了多个荣誉奖杯。

少年成名，天之骄子。

重点是，迟俞本来就出身于怀城二代圈，人人巴结。

别人玩车那是当爱好，他愣是在这个烧钱的行当里做到了极致，将雷鱼这个名字在世界摩托车锦标赛的赛程上打下了深深烙印。

年纪轻轻身价暴涨，“雷鱼”这两个字代表着一座里程碑，是无数进入这个行业的年轻人想要追逐超越的目标。

今天就纯粹是出来玩的，这些人里，就数马成阳跟他最熟。马成阳家里本来就是做汽车产业的，从小一个圈子混大，属于连对方三岁时扯了哪家小姑娘裙子这种陈芝麻烂谷子的事都知道的损友。

他跟在后面说：“得得得，我嘴贱，忘了您‘恐女’。”

“滚犊子。”迟俞扯下手上的皮手套骂了一句。

“恐女”这个传言来自迟俞曾经的一个疯狂女粉丝，跟踪他全国各地参加比赛，后来更是发展到半夜偷偷溜进他家，被拒绝之后在网上疯狂回踩。

说他根本不喜欢女孩。

那年他才刚刚十七岁，后来有媒体采访，他被问烦了就说是的。

马成阳笑着说：“我到现在都还记得当时周凯在电话里怒骂你的样子，简直笑死我了，说他为了你这破事，跟媒体澄清了整整四年，到现在网上还经常有人关心你的性取向。”

说到周凯，迟俞的脚步顿了顿。

周凯别名周胖子，是 YNG 摩托车俱乐部的经理，他自称自己是周老妈子，为了 YNG 的发展和车手前途操碎了心。

就迟俞恐女这事，他曾经威胁迟俞说下次再当着媒体胡说八道，就跑到 FIM（国际摩托车运动联合会）拉横幅，大家一起同归于尽。

迟俞回头问刚刚拿着他头盔的赛场工作人员：“我手机刚刚有没有电话进来？”

“好像是有的。”工作人员点头，把手机递过来。

迟俞按亮了手机，看着上面乱七八糟的消息和未接来电，慢悠悠骂了句脏话。

“怎么了？”马成阳问他。

迟俞根本没回，拿着车钥匙晃了晃直接说：“走了。”

“哎，这就走了？”马成阳等人都还没回过神，扯着嗓子喊，“下回接着约啊？我知道城中心那边新开的一家烧烤店，到时候给你打电话。”

迟俞挥挥手，没有回头。

周凯因为被派遣到国外学习两个月时间，也不知道从哪儿找来一临时工，非让他下午开车去火车站接人。

他根本没想起来这事儿。

走出赛车场的时候下了小雨，迟俞站在路边拿出手机看了两眼，他看到了某个外地号给他打了两遍电话。

他照着之前的两个未接电话回拨回去。

响了两声，接了。

“喂。”是清淡的女声。

迟俞愣了两秒，然后才说：“随楠？”

“嗯。”

迟俞没太反应过来，周凯最开始让他去火车站接一个叫随楠的人的时候，虽然这名字听起来挺中性，但他以为对方起码会是个男的。

不等迟俞说话，电话里传出另外一个声音说：“看吧，我就说你不能进，我在这里工作三年了，见你这样偷偷跑来的小姑娘多了去了。你们现在这些小女生啊，追个明星就算了，追什么车手？”

迟俞皱了皱眉，对着电话说：“你在哪儿？”

“俱乐部门口，保安不让进。”

迟俞顿了两秒说：“等着，我十分钟就到。”然后直接挂了电话。

七八分钟过后，迟俞停了车，走到离俱乐部差不多有一百米远的地方时，就隐约看见了保安亭外面的绿化带边上站了个人。

女人，也不对，女生？

刚好他的手机响了，来电人是周凯。

才接起，那边就是一阵炮轰说：“雷鱼，你到底有没有给我去接人？我刚刚打电话回俱乐部发现人到现在还没到，你搞什么鬼？”

迟俞被他炮仗一样的声音吼得直皱眉。

看着不远处路灯下的那道身影，他说："周胖子，我现在合理怀疑你因为害怕被新来的经理谋权篡位，而雇佣童工。"

"放你大爷的屁！"周凯说，"人家成年了，十八岁。"

迟俞嗤笑："十八岁？请来是能奶孩子还是换尿布？"

周凯现在人在国外，打着越洋电话悲愤道："别这么老不要脸好吗？我说你们一个两个能不能别这么脸大，知不知道找一个愿意接替 YNG 这个烫手山芋的人有多难。俱乐部之前的高层打算随便找个人过来，我可是好不容易才找到她的。"

YNG 是目前国内非常年轻且处在上升期的车队，成立时间不长，但对比一些老牌车队上升空间很大。

除去迟俞这张王牌，队内还集结了如队长李立骞、马涛、汤益阳等不少优秀赛车手。

这些人没一个好伺候的，尤其是迟俞这种毛病一堆的家伙。

周凯说："有点自知之明吧，现在除了我谁还受得了你们。"

他又说："这随楠虽然来自小地方，但她可是薛起朝一手带起来的，水准不比任何职业女车手低。"

薛起朝跟 YNG 教练唐天波年纪差不多大，都是曾经活跃于各大国际赛事的优秀车手。后来薛起朝退役，而唐教练则选择了继续留下来。

迟俞看着前方夜幕下略显单薄的身影，挑了挑眉道：“既然是车手，怎么会来接替你的工作？”

“现在不是了。”周凯声音低了两度，“听说是脚受伤，不能再继续赛车。”

迟俞也一时间没说话。

这是高危行业，受伤原本是家常便饭，更有甚者，还有可能赔上性命。

迟俞向来是个同情心少得可怜的人。周凯接着说：“她这次会来怀城，原本是听了薛起朝的意见来给唐教练帮忙的。你也知道唐教练那个人，初心不改，一直致力于发掘国内优秀人才。他现在手底下有一批小孩儿，本来想让随楠帮忙带带，我是半路截和，硬找唐教练把人给要过来的。”

迟俞刻薄：“还真打算请来带孩子的？”

“知足吧，我的少爷。”周凯简直是服了，“真要让高层到时候弄一个什么都不懂的人进来，我怕你们能把俱乐部给我拆了。她年纪小不说还接替经理的活儿，接替行政的总可以吧。你可别忘了，上一个行政是被谁给折磨跑的。”

“少含沙射影。”迟俞冷嗤，“人家主动辞职的。”

周凯被他噎得不想说话。

一般职业车队里行政的活儿最不好做，与赛场沟通、媒体沟通，还要跟车手沟通，还有各种跑腿带话、收比赛费、制作奖状奖杯，等等。

车队的前一个行政是个二十出头的男生，挺腼腆一人，但沟通能力确实欠缺。

失误几次后自己都不太好意思待，迟俞这人嘴巴向来又不饶人，专业事情上尤其不能容忍出现差错。半个月不到，那人灰溜溜就走了。

周凯不跟他扯，苦口婆心："这次不一样，人家好歹是个女孩子，女孩儿多好，体贴又细心，可爱又娇软，刚好平衡一下我们俱乐部常年阳盛阴衰的惨状。"

远处的女生似乎听见了这边说话的动静，侧头朝这里看过来。

她扯了扯肩膀处的带子，抬脚朝这边走过来。

小姑娘在迟俞面前站定，偏了偏头看他，然后说："刚刚给我打电话的人，是你？"

迟俞收了手机，看着眼前身高大约只到自己下巴的人"嗯"了声。

下一秒，女生盯着他的眼睛说：“我不喜欢不守时的人。”

迟俞：“嗯？”

挺新鲜的。迟俞想，真该让周胖子来见见他心目中可爱又娇软的妹子。

迟俞见她一直盯着自己，也不好解释他今天跟人约了比赛忘记要接人这回事。上下打量了她两眼，他挑着眉随口评价一句：“头发不错，挺酷。”

跟狗啃的差不多。

配上那张“我现在情绪其实不太好”的脸有种奇特的喜感。

迟俞转了话题问她：“吃饭了吗？”

随楠：“因为你的不守时，我很明显错过了晚饭时间。”

迟俞：“……”

嘿，绝了。

YNG 这两年在国际赛事上的成绩显著，那得到的待遇自然也是国内最好的，俱乐部位于国富大道的中心区，整整两栋别墅，其中一栋全是各种品牌摩托车和组装的半成品，另外一栋的三层建筑，一楼是大厅和厨房，二楼是专供给车手的健身房、台球厅等娱乐休闲区，三楼才是宿舍。

车队配有自己的教练、技师、工程师，等等。

这在国内的众多车队中已经是非常难得的了。

随楠挎着包跟在迟俞的后面，进了俱乐部。

手机里有消息传来。

备注是“黑狗”。

“楠姐，你真去了？走了怎么也不说一声，我还是今天听淘淘他们说才知道的。

“YNG 啊，那可是国内顶尖的职业车队之一，尤其是他们队里的那个雷鱼，我在比赛视频里看到过，听说特别不好相处的。”

最后，他问她：“你还回来吗？”

黑狗是外号，跟随楠一样是街头混大的小孩儿。

他们从小长大的那个小县城估计没比怀城这边的一个区大多少，生活节奏特别慢。随楠父母很早就去世了，她跟着奶奶一起生活。

奶奶腿脚不大好，经常在家门口那边的一条小巷子口卖豆腐。随楠也没人管，被那片比她年龄大的小孩儿欺负是常有的事儿。

直到他遇上薛起朝。

随楠习惯叫他“薛老板”或者“老薛”，其实算是她师父。

老薛来县城那年四十多岁，定居的第一天就吓跑了当时欺负随楠的几个小孩儿，后来在离随楠家不远的那条街上开了一家摩托车修理店。

人不高，挺和蔼一大叔。

他带着随楠接触了摩托车这个圈子，手把手教会了她所有东西。

只是可惜，随楠脚废了。

老薛当时说：“没关系，人活这一辈子不可能只做一件事情，一条路走不通了，咱们就换一条路走。”

随楠知道，他是在替自己可惜。

就像老薛第一次问她要不要学摩托车的时候说：“第一次见你，我就打从心底里觉得你适合这行，那么小的小孩儿，眼神却很干净无畏。”

其实随楠自己不觉得，她小时候摸爬滚打是个泥猴，在街头长大，跟比她年纪大的男孩儿对打。

随楠后来老和老薛说，他当初看中自己，估计就是因为她会打架。

伤敌一千自损八百的个性，头破血流也不爱哭。

随楠不知道自己在别人眼里是什么样子，却知道小时候那些邻居家小孩儿嘴里的“乞丐”“小叫花子”等形容词是什么意思。

不过她不在乎。

随楠挺喜欢摩托车，她喜欢那种逆着风，耳朵里什么都听不见的感觉。

仿佛世界只有自己，眼前没有尽头。

不过很遗憾，她如今的脚上打了好几颗钢钉，医生说她不再适合这行。

随楠接受得比老薛都快。

她像是习惯了生活里突如其来的意外，就如同刚接触摩托车每一次摔倒时那样，拍拍身上的土还能站起来。

所以老薛问她要不要来怀城时，她几乎没有思考就答应了。

黑狗如今是老薛店里的学徒，一细瘦的半大小孩儿，家里没钱就跟着老薛学点手艺。他也很喜欢摩托车，但是老薛不肯教，说他不适合。

黑狗一直叫随楠姐。

他觉得随楠很酷，骑着摩托车的样子很拉风。

少年时期，随楠这种人在学校会被称为个性，独来独往，没什么朋友。

她还被当时高中的校霸堵在巷子里表白过，不过她那时候不太理解对方口中的马子，就觉得挺神经。

后来那校霸天天在学校外面堵她。

不是因为觉得她好看，只是觉得伤了自尊。

后来，那校霸被老薛骑着摩托车带人追了整整三条街，再也没敢来找过随楠。

老薛在当地还是有点声望的。

他们原先在县城里有个自己的小车队，老薛带头，经济来源主要靠他的店修理车、买卖新车等。平常事儿也不多，事故救援、捞车捞人的事情也做了不少。

集结的都是些摩托车发烧友，不专业，纯粹爱好。

随楠算里面年龄最小的，奶奶过世后，老薛拿她当女儿养的，大家都很照顾她。自从她脚受伤后，老薛还问过她要不要继续上个大学。

随楠没答应。

她不能把别人的好当成理所当然。

看到黑狗的消息时，随楠回他说：“回。”

她本是来帮忙的，老薛说他一个老朋友那儿缺人手，问她愿不愿意过去。结果出发到半路，告诉她有变动。

临时经理，还是 YNG 的。

这么出名的职业车队随楠不是不知道，对别人来说或许是天上砸馅饼，对随楠来说意味着未知。她习惯了面对生活里突如其来的事情，但不意味着她喜欢。

进入 YNG 意味着打破了她给自己规划的路线，要面对一群陌生人、陌生的事情。

但她已经答应老薛了，不能反悔。

重点是，她还被放鸽子了。

她不是非让人来接，她只是不喜欢那些许出承诺最后却没做到的人。就像是很早很早之前，已经面目模糊的父母承诺她说一定会回来。

但他们都没有信守承诺。

这让她对最后把自己带进俱乐部的这个人印象不大好。

即使他很好看。

随楠很少会觉得有人很好看，小学时他们说隔壁街那个摆地摊的年轻人看起来很好看，初中他们说班里的学习委员也很好看，后来也有人说，车队里新来的小伙子长得挺不错。但她都没感觉。

但眼前这人，她觉得是真的好看。

他说他叫迟俞。

随楠知道，他是黑狗口中的雷鱼，那个非常不好相处的车队里的王牌车手。

他们从门口进去到了大厅，刚好楼上有个男生走下来，正好撞见两人。对方一看是迟俞，结结巴巴地问：“迟……迟哥，你啥时候回来的？”

“刚刚。”迟俞一看汤益阳那副紧张的样子，蹙眉说，“鬼鬼祟祟干吗呢？”

“没。”对方小声道，“立骞哥前几天不是在杭州站拿了冠军吗？他今天正好回来，他们都去外面庆祝了，我因为拉肚子没去。”说完还揉了揉自己的胃。

迟俞见他脸色还行就没多问，只是扬眉：“队长回来了？”

“嗯。”

迟俞口中的队长李立骞已经是赛车场上的老将了，三十多岁，去年刚荣升奶爸。

YNG 最初一直是他带着的，不过这两年他生活重心逐渐转向家庭，赛道下得少了。加上教练唐天波一直在接管新人选拔的事情，所以他接替了大部分教练工作。

队长一职也逐渐由迟俞代替。

但迟俞还是习惯了叫李立骞队长，队内的其他人也就一直没有改口。

汤益阳其实也就比迟俞小一岁，但见了他比见了李立骞、唐天波等人还要谨慎两分。不为别的，人人敬畏强者，何况他一直拿迟俞当偶像。

随楠听着两人的对话，站在后面没出声。

迟俞抬脚要往楼上走，跨出一步像是才想起来后面还有个她，转头看着她迟疑："你……"

随楠露出个疑惑的神情。

然后，迟俞就转过去对着不明所以的汤益阳说："随楠，暂代周凯的，你带她先熟悉熟悉环境，我上去洗个澡。"

"啊？"汤益阳一脸蒙地看了看随楠，好半天才反应过来，"哦，好……好的。"

迟俞自己上楼了，留下汤益阳尴尬地看着随楠，心想这暂代经理是不是也……太小了点？

而且这是个女孩儿吧？

随楠其实并不矮，一米六八的净身高，她主要是瘦，脸也小，一头短发总给人半大少年的错觉。

汤益阳：“你……你好。”

“你好。”随楠点点头算是打过招呼。

汤益阳这会儿心理上接受了一点，带着随楠在周围转了转，给她介绍了一下俱乐部的基本情况。

汤益阳这孩子稍微熟悉一点之后就变得话痨。

转得差不多了，他手机一直在振动，拿出来看了一眼，就热情地对随楠说：“车队里的人都知道你来了，我先拉你进群吧。”

随楠愣了两秒，然后才说了声好，拿出手机。

随楠不怎么发朋友圈这种东西，微信头像是张落日背景下蹲在街头的小孩儿背影，昵称就叫随楠。

群里面一直消息不停。

周胖子：“@小阳阳，听说雷鱼那家伙回来了？你见着人没有？我今天下午给他发了八百条消息都没搭理我，简直不是人，让他出来受死！”

涛爷：“这叫仗远行凶吗？你现在要不是因为在国外，敢当着他面这么叫嚣？”

李立骞：“人到底接到没有？”

小阳阳：“接到了接到了，现在就在我旁边呢。”

随楠加入群聊。

涛爷：“妹子？”

涛爷：“太难得了，咱们车队终于有个能看的了。”

周胖子：“欢迎欢迎，马涛你收敛点行不行，搞得跟八百年没见过女人似的，忘了前女友上次差点闹到俱乐部的事儿了？”

李立骞：“@随楠，别搭理他们，我们现在人都在外面，房间一早就准备了的，在三楼，你看看还缺什么。俱乐部附近没有超市的，最近的商场开车也要十分钟，正好让雷鱼带你出去。”

周胖子：“就是就是，千万别客气，就当自己家。”

随楠有点不太适应这样热闹的氛围，拿着手机半天没有动作。

这些人，好像也挺好的。

她想了想才在群里回了两句。

随楠：“好的。”

随楠：“谢谢。”

或许是她回答的话看起来过于官方生硬，群里的消息停滞了几秒。

随楠抿了抿嘴角，这是她一贯的小动作。

在她意识到场面变得糟糕的时候，下一秒，群里再次跳出消息。

BGUJKGFDREUY：“要出去？”

随楠看着这一连串乱码一样的字母，下意识觉得这话是在问自己。

群里再次闹开。

周胖子：“你终于舍得出来了，私下里又飙车去了吧？说了多少遍了，别自己瞎玩，收起你那点追寻刺激的爱好吧，时刻记住自己是职业车手，想起你那年约人跑山，老子现在都还心有余悸。”

涛爷：“话说雷鱼你能不能换个群名称，每次看着这串字母，我都怀疑是你那只蠢猫滚了你的键盘。”

随楠捕捉到零星的信息，又看清了迟俞的头像。

是只漂亮的布偶猫。

随楠还挺意外的。

对于 YNG 这种常年在下赛道的人来说，跑山和环湖其实都是挺危险，随楠以为追寻着这些的人，微信头像应该都是什么摩托车之类的。

点开看，朋友圈发得不多，但基本都在晒猫，好像还有狗。

边上同样拿着手机的汤益阳像是找到了共同话题，笑着和随楠说：“猫狗都是迟哥养的，一只布偶猫，三条阿拉斯加犬，狗狗基本都在后院，猫养在迟哥自己房间里。”

随楠再次点开群消息。

刚刚那人问了那三个字像是消失了一样，下面刷了很多条其他人的。

随楠不是个爱麻烦别人的人。

但她想了想在群里回了句："嗯，要出去，买些日用品之类的。"

群里再次安静了几秒。

BGUJKGFDREUY："吹头发，五分钟下来。"

随楠："嗯。"

楼上迟俞的房间里，他放在桌子上的手机开始疯狂振动起来。

全是周凯的消息。

周胖子："我瞎了？"

周胖子："你什么时候开始这么有人性了？"

周胖子："雷鱼，你不会是看上小姑娘了吧？我警告你啊，少辣手摧花啊，我好不容易找来的独苗苗你要是给我作没了，跟你没完听见没有？"

周胖子："回我，再不回下次就再也不给你家西西小公主买猫粮了，直接让它挠花你的脸。"

迟俞放下手里的吹风机，拿起手机看了一眼丢开。

他往身后的沙发坐下去，朝床头迈着优雅步子在他枕头上来回踩的黄白色漂亮布偶招手：“过来。”

布偶瞥了他一眼，没搭理。

迟俞气笑了，随手抓过刚刚丢开的手机，发了句语音消息：“别嘚啵嘚了，没恋童癖好，谢谢。”

随楠站在一楼看着那个抱着猫下来的人时，愣了两秒。

这一会儿的工夫，他已经换了一整套衣服，是休闲装。随楠以前在县城也见过不少玩摩托车的人，各个年龄阶层都有，但很少见到气质这么干净的人，隔得近了，身上还有很淡很淡的香气。

即使他看起来脾气挺不好一人，但气质始终在那儿。

“发什么呆？”迟俞走近，问随楠。

随楠回神摇头，视线被他怀里的猫吸引。

下一秒，布偶猝不及防一个猛蹿，挣脱开迟俞怀抱直接朝着随楠扑过去。迟俞和在场的汤益阳当场色变，以为要血溅当场了。毕竟这猫性子说不上好，平时连对迟俞这主子都爱答不理的，也没有剪过指甲。

结果，随楠稳稳抱住了它。

那家伙还很亲昵地蹭了蹭她的手。

随楠低着头笑了笑。

女生浅笑的那瞬间五官像是都明亮起来，迟俞挑挑眉说："原来你会笑？"

随楠抬头看他。

"一直都会。"她很清楚地理解对方这话里的意思，抱着猫淡淡添了一句，"心情不好就不会，至于我为什么心情不好，你不是知道？"

旁边的汤益阳："……"

迟俞看着女生的发顶，有些了解她这总是不经意就刺人两句的说话方式，掀了掀眼皮说："这事儿过不去了是吧？"

"已经过去了。"

"那以后就别提。"

"哦。"

迟俞拿过放在旁边桌子上的车钥匙说："走吧，出门了。"

"猫呢？"

"带着。"

"它叫什么名字？"

"白眼狼。可能跟你是同类，所以才这么亲近你。"

"我听得出你在嘲讽我。"

“哦。”

随楠也发现了 YNG 车队的这位王牌职业车手还有个毛病，除了脾气坏还嘴毒，睚眦必报。不过随楠抱着猫心情还不错，跟他去了俱乐部的车库。

随楠很意外他居然要开四轮。

那是一辆特别炫酷的宝蓝色跑车，千万级的那种。

站在车子旁边的时候，随楠终于意识到圈子里盛传的摩托车界的贵族是个什么概念。

就如同有的人还在为了换一辆大排量的车而苦恼，而有的人不仅开着顶级跑车，拿着高价代言，甚至奢侈地在俱乐部专门开放一层楼放自己的专属赛车。从品牌到性能，齐全到令每一个爱这个行业的人眼红。

“不开摩托车吗？”随楠单纯一问。

迟俞拿着车钥匙打开门，等随楠都坐进去了才说：“忘记跟你说，我的摩托车后座上从来不载人。”

随楠静默了两秒，然后说：“我就只是问问，但没想到你的回答还挺……”

随楠发现旁边的人看过来，“中二”两个字硬是没说出口。

雷鱼的后座从不带人这在整个圈子里都不是什么秘密，大家默认了这位顶尖车手的一些习惯，比如不带人，比如“恐女”。

那些都成了专属标签，成了赋予在雷鱼身上的一种特质。

迟俞像是知道随楠要说什么，嗤道：“不带人是为了安全，专业的赛车原本就不能带，这是职业，也是态度问题。”

随楠点头，望着车前：“你说得对。”

她是真的觉得对方说的话没问题。

但迟俞看着她的侧脸挺好奇：“你有发现自己说话挺欠吗?长这么大没被打？”

“打了。”随楠回头看着他，然后说，“不过我都打回去了。”

迟俞伸手捏了捏眉心。

YNG 所向无敌的车手雷鱼，向来在气死人不偿命这条路上一骑绝尘，但这次貌似踢到了铁板。

对方年龄十八，花季少女的年纪。

留一头参差不齐的短发，一双眼睛清澈，看人面无表情中带着点无害的感觉。说话很直接，招小动物喜欢，目前来说至少招那只坏脾气的猫喜欢。

但雷鱼对接下来的俱乐部生活深表怀疑和头疼。

不一会儿，他们到达距离俱乐部五公里外的一家大型商场。

随楠在日用品区挑选着自己要的东西。

迟俞插着兜慢悠悠地跟在她后面。

这人长相招眼，导致附近的导购一直在两人身边打转。随楠被问得不耐烦了，基本是看到什么就随便拿了。

走到半途，迟俞往随楠手里的篮子扫了一眼，然后拿过去翻了翻。

随楠回头看着他："你干吗？"

"看看你自己选的东西。"他一件一件帮她拿起来，"毛巾深灰色？牙刷硬毛的？还有这个，这是什么？"

"大宝。"

"你加一把剃须刀就能真的和一个男人差不多了。"

随楠无语地看着迟俞，在接下来的十分钟里，对方往她手里的篮子里丢了很多东西：粉色的毛巾、兔子形状的小牙刷、画着可爱维尼熊的杯子，甚至还有三岁幼儿才会戴的那种小发夹。

到了零食区，他还给她抓了两包薯片塞在她怀里。

随楠僵硬地抱着两包膨化食品，怀疑这个男人怕不是疯了。

随楠看着还在货架上挑挑拣拣的人，开口阻止说："够了，我用不了这些东西。”

前面的人回头，挥了挥手上一双白色毛绒拖鞋：“你是女生，这是特权，不用有心理负担。”

“我不需要这样的特权。”

“啧。”

迟俞随手摘下旁边架子上的一顶宽檐帽子，朝着随楠的脑袋上一盖，往下压了压挡住她半边脸教育：“不是你需不需要，而是我在教你。赛道那边的人和车手都是爷，你要是不想夹在中间当孙子，也不想满场找任性的车手完成必要的注册签字，学会撒娇和卖萌也是一种技能。”

迟俞盖了帽子也不揭，随楠手里拿着篮子和薯片根本腾不出手。

她察觉到前面的人转身走了，只能黑着眼往前试探着走了两步，然后成功撞到了前面人的背上。

迟俞被撞了一下，转身回头看着身后顶着帽子沉默的人，叹息了声，伸手替她揭开帽子说：“你看，你连最基本的求助都不会，我不认为你能很好地适应这份工作。”

随楠甩了甩被压得挡住眼睛的头发，问他：“对你管用？”

“嗯？”

“撒娇卖萌。”

“当然不。”

“那不就结了。”

迟俞刚要开口，随楠就伸手把篮子放在他手里说：“还有，我不喜欢戴帽子。”说完，人就很有个性地去前台结账去了。

迟俞跟在后边不知道该笑还是该气。

这脾气，他想如果自己放在两三年前，说不定还真能跟她“刚”起来。

不过很可惜，他现在看她，就如同对着对自己有性别认知障碍的女儿谆谆教诲，结果对方还不领情。

活脱脱一叛逆少女。

还特别有性格的那种。

账是迟俞付的，毕竟那一整袋子粉色东西理论上来讲，全是他自己买的。

两人拎着东西回到基地的时候差不多夜里十点多。

人都已经回来了。

马涛开的门，这家伙就穿着大裤衩和人字拖，一脸不修边幅的样子。看见迟俞手里的东西一口水差点把自己给呛着了，他一边狂笑一边指着迟俞道：“我说雷鱼，你啥时候这么有少女心了？”

迟俞把手里的袋子扔到马涛怀里。

马涛慌手慌脚地接住，然后才看见了迟俞身后站着的随楠。

马涛外号“蛮牛”，是因为他这人长得挺唬人，虎背熊腰，倒是不像迟俞那张看起来就很刻薄的冷脸，平常也就嘴贱了点，喜欢撩小姑娘，人品还是有保障的。

他挥着“爪子”：“你好啊。”

“你好。”随楠点头。

马涛转头就捅了捅迟俞的肩膀，小声说：“这么小？”

迟俞不咸不淡地用周凯告诉他的话怼了过去：“十八岁了，谢谢。”

马涛“呵”了好大一声，好奇地说：“我说你干吗呢，怨气这么重？陪小姑娘出趟门撞鬼了还是遇邪了？”

迟俞扫了一眼这会儿已经被汤益阳带着往楼上房间去的人，转向马涛，拍了拍他的肩膀笑着说：“作为兄弟好心提醒一句，一个小字并不能代表什么，你对人类的复杂程度一无所知。”

比如，新来的小经理就挺有意思。

这勉强算褒义，迟俞想。

马涛一脸蒙，心想这一个两个的怎么回事？

随楠上楼去自己的房间，汤益阳带路走在前面，一边走一边说："你的房间其实一早就收拾好了，在最边上的，也比较安静。"

到了门口，他又指着对面的一间说："这边是迟哥的，他睡觉很怕吵的一个人，所以你平常要尽量小声一点。"

他说着凑到随楠耳边笑着嘀咕："他有起床气的时候是很可怕的。"说完还嘶了两声，看起来心有余悸的样子。

随楠点了点头，对这安排并没有意见，她也不属于半夜还一个人在房间里疯的人。

不过下一秒，她推开门的时候还是怔了怔。

她原本以为这种全是男生的环境，房间能保持干净整洁就已经很好了，但是出乎意料的，这完全就是很多女生梦想当中的属于自己的房间。

窗帘是淡淡的浅黄色，床上挂着纱幔，床头放了一溜儿小布偶娃娃。包括书桌、柜子、电脑，这里的每一样都能看出精心准备过的痕迹。

汤益阳歪着头问她："还喜欢吗？"说完又笑道，"基本是我布置的。我有个妹妹今年刚上初中，她房间里比这个花里胡哨多了，我不太懂，就让人简单采购了一些东西。”

随楠转头看着他，难得笑了笑说：“喜欢，谢谢。”

汤益阳不太好意思地挠了挠头，站在门口接着说：“大家其实都有添东西，房间那鼠标是立骞哥送的，那个梳妆镜涛哥给的，还说女生房间连块漂亮镜子都没有很不像话。对了，还有周凯哥，给我打了好几个电话……”

随楠原本觉得自己到了这里或许会很不适应，不过现如今，倒是觉得有些温暖。

虽然她其实也不太用这些东西。

她一边听着汤益阳的话，一边被壁柜架子上的东西吸引了目光，走过去拿下来。

“对对对，这个。”汤益阳指着她手里的东西，“迟哥给的，傍晚你们要出门那会儿，迟哥说让我拿来送你。”

那是一款经典摩托车的模型，黑蓝色，全球限量版。

随楠很喜欢。

她以前就有收集模型的爱好，不过大多数都比较贵，像这种珍藏版别说多少钱，很多时候是拿着钱也买不到的。

随楠打开手机在群里说了句：“谢谢大家的礼物，我很喜欢。”

下面很快跟了一溜串的撒花鼓掌的表情包。

汤益阳刚走，随楠把手里的东西放在床上准备拿衣服去洗澡的时候，突然发现脚踝处有什么毛茸茸的东西扫过。

“你什么时候进来的？”随楠蹲下身看着脚边的胖猫。

她很喜欢小动物。

很早以前，她也养过一只土黄色的猫，不是特别好看，但是很黏人，也很有灵性。别人天天在外面遛狗的时候，她身后就常常跟了一只亦步亦趋的小土猫。

不过出了场意外它死了。

随楠蹲在地上，挠了挠猫的下巴说：“我要关门了，你要不要出去？你要是不出去今晚就得和我睡了，你主子那么凶不怕他揍你啊？”

“研究表明，猫很大概率是不能完全理解人类的语言的。”迟俞抱着手靠在门上，看着蹲在地上跟猫交流的小姑娘，扯了扯嘴角，“还有，我不家暴。”

随楠回头盯着他。

“你怎么在这儿？”

迟俞抬抬下巴，指了指猫说：“来找那只蠢猫西西。”

迟俞说着站直身体，走进房间，到了随楠的旁边弯腰把猫抱起来，居高临下地对着还仰头看着自己，像棵发育不良的豆芽菜的少女说：“早点睡，熬夜对发育不好。”

随楠站起来说：“我成年了，过了发育期。”

“但目测结果并不是这么告诉我的。”

随楠条件反射地低头看了看自己的胸。

不过她没有一丁点女孩子该有的羞涩，自然也不会尖叫大喊流氓什么的，只是看着自己的胸前，又看了看对面迟俞的，不咸不淡地说：“还行，比你大。”

迟俞立马捂了捂怀里猫的耳朵，装得一脸认真说：“西西，爸爸要教育你作为一个精致的女孩子，这种话可不能随便听。”

随楠忍住翻白眼的冲动：“慢走不送，谢谢。”

第二章
/ 你不是恐女吗?

第二天，随楠在柔软的大床上醒来时是早上八点。

她没换睡衣，一身带着兔耳朵的连体睡衣还是当时在来怀城之前老薛逼着她买的，然后她顶着一头杂乱的头发，拿着牙刷杯子直接推开了走廊尽头那间卫生间的门，跟赤裸着上半身的人在那面透明的玻璃镜里眼对眼。

迟俞反应比她快，直接伸手扯下一旁架子上的白色浴袍披在肩上，一边系着带子一边皱着眉回头说："不会敲门？"

"身材不错。"随楠拿着杯子评价说。

迟俞手上的动作一顿，再次抬头看她："随楠。"

他喊她名字，第一次，很正式的那种。

随楠："嗯？"

"你老实说，小学上男女分别的生理教育课，你是不是逃课了？”

“没啊，我小学每年期末都拿小红花。”随楠嘴上应付着他，然后直接走到洗手台的位置打开水龙头。

短发不好的地方就在于如果早上起来不洗头，总有那么一两撮顽强的头发丝仰望着天空。随楠手上沾水压了压，并没有什么效果。

迟俞本来都收拾完了，结果见她一连串的动作反而站在旁边不走，最后看不下去，给了她一个吹风机。

“用这个。”他说。

随楠看着递到自己眼前的东西，再回头看着迟俞。

她伸手接过：“谢谢哦。”

迟俞敲她脑袋：“哦个头，速度快点。”

迟俞出了卫生间就撞上刚匆匆从另一边过来的马涛，那家伙说：“厕所没人吧，憋死我了。”

迟俞一把拽住他的胳膊：“去那边那个卫生间。”

“去了，小阳阳好像肠胃还是不好，蹲着呢。快点放开我，憋了一晚上了。”

“那就继续憋着。”

“我说雷鱼你……”马涛那家伙话刚说到一半，看了看卫生间透出来的灯光，带着一脸明白过来还发现大秘密的八卦表情说，“你也是刚出来吧，我都看见了，别否认啊。我说你们这一大清早的，关厕所干吗呢？”

迟俞一言难尽地看了他一眼：“下次别为了玩游戏憋一晚上了，伤脑子。”

他说完也不管身后的马涛，转身要走，走了两步又突然回头说：“还有，以后这边的卫生间你们都别用了，跟其他人说一声。”

马涛当然也知道俱乐部有了女生情况有些不同，但还是忍不住嘴贱问一句：“你呢？”

“我觉得再多一个人占用那边卫生间，让你每天早上都感受一遍膀胱被肆虐的滋味，这主意很不错。”

马涛立马给了雷鱼一个假到爆的微笑。

随楠到达 YNG 正式第二天，他们下午就有一个品牌方那边举办的大型邀请赛要去参加。这个比赛每年都会组织，参赛的少不了一些国内一线车手。

唐天波教练没在，李立骞暂代，所以不下场。

队内一线的参赛名额就只有迟俞、马涛和汤益阳三个人。还有几个挺有潜力的新人，李立骞跟唐教练商量了一下也决定带过去。

上午十点，俱乐部门口。

李立骞频频看着腕上的手表，皱着眉说：“人到底到齐没有？再磨蹭下去就要迟到了。”

“急什么呀。”马涛躺在车内，一只脚搭在车门边上一边刷手机，“不是还有一个小时吗？等我教育完这波。”

“你又网上跟人吵架？”李立骞一脸不赞同地看着他，“都让你们少跟车迷对骂，国内现在的环境逐渐起来了，粉丝低龄化，你跟他们对骂有意思？”

“有啊。”马涛头都没抬，“跟‘小学鸡’对骂其乐无穷，你这种老人不会懂的。”

他们说着话的时候，有人出声说：“人出来了。”

出来的人就是随楠。

她背个包，穿了件墨绿色短外套，头上戴了一顶黑色鸭舌帽，装扮低调，干净利落，重点铅笔裤包裹的一双腿显得又细又长。

马涛看了一眼，摸着下巴说：“昨天还没注意，小楠楠这身材比例可以啊。”

他叫比自己年纪小的人就这样，汤益阳叫小阳阳，现在还叫随楠小楠楠。一直靠在车身上低头看手机的迟俞这会儿终于抬头。

见随楠走近了，他挑眉问：“不是不喜欢戴帽子？”

随楠侧身坐上车，随手把帽子揭下。

迟俞看着她那一头比早上还要嚣张的头发，失笑：“炸了？”

随楠又面无表情地戴回去。

边上的李立骞说：“随楠这头发看着很细软啊，就是吹得毛糙了点。还带了一点天生的棕色，要是留长了应该很好看。”

随楠“嗯”了声。

她话不多，李立骞以为她紧张，笑着说：“你今天第一天，也不用做什么的。主要熟悉一下比赛的流程和注意事项，慢慢来，不着急。”

最后出来的人才是众人一直等待的对象汤益阳。

拉了一早上肚子的后果很明显，他顶着一张青黄蜡白的脸，脚步虚浮地一路从俱乐部飘了出来。

迟俞皱着眉问：“你要不要去医院？”

“不……不用，迟哥。”汤益阳被迟俞说得脸色更白了两分，连连摆手，“我可以的，就只是一点点不舒服而已。”

“真该拿镜子让你看看自己现在的鬼样子。”迟俞并没有被说服，严肃地说，“这是正式比赛，你确定自己的状态能上？”他见汤益阳张口要说什么，打断，“我不要含糊的好像、只有一点点这类词语，作为一个职业车手，赛前保证自己的身体状态和健康达到最好的标准也属于工作范围，这还不是多正规的比赛，如果这是全国赛、亚洲赛，甚至是世界赛，你也打算这样去面对你的对手？”

汤益阳一下就被迟俞严肃的样子吓住了，眼圈都红了。

“干吗呢干吗呢？”马涛收了手机从车里坐起来，探出头说，“我说雷鱼，你关心人何必把话说得跟个教导主任似的，小阳阳你甭搭理他。”

汤益阳一脸犯了错误的样子：“是我自己不注意，不该乱吃东西，我……”

“好了，没事，都先上车。”李立骞打圆场，拍着汤益阳的肩膀，“雷鱼说的是对的，赛场上瞬息万变，体能和反应速度都很重要，既然病了就别上去了，很危险。”

“可是我……”

汤益阳很明显不愿意放弃，但面对周围人一致的意见只能选择闭嘴。

车上，随楠的位置就坐在汤益阳的正对面。

旁边是迟俞，他这会儿正闭着眼睛，双手抱在胸前，躺在座位上补眠。

随楠翻了翻手上的本子，然后递给明显情绪不高的汤益阳。

李立骞看见了，好奇地问随楠：“这是什么？”

本子摊开来是密密麻麻很难看懂的一些数据记录和分析。

随楠说：“我随便查了些资料，此次的赛事国内参加的一线车队虽然不少，但根据以往队内各个车手的成绩数据分析，有能力和 YNG 竞争的其实也就那几个。”

随楠说着发现车内所有人都不自觉地朝自己看过来，连旁边的迟俞都不知道何时睁开了眼睛。

随楠舔了舔嘴角接着道：“尤其是我们……队长、迟哥。”随楠临到嘴边的称呼又换了一个，“他成绩一直稳定在国内前三，大排量的比赛上，有能力和他一战的不超过三个人，排除今天没参赛的车队 KZ 和速达，就只剩下 FM 的陶旭飞和腾跃的徐天。”

见所有人都很专注地看着自己，随楠到嘴的话莫名打了一下结，停了两秒解释道：“我只是打算告诉汤益阳，就算他没法代表车队上场，YNG 也有百分之七十的概率拿下第一。”

旁边的迟俞挑眉：“概率这么高？”

随楠侧头看着他的眼睛，很自然地接了一句：“因为你很强。”

这时候，旁边爆发一阵肆无忌惮的笑声，马涛说：“小楠楠，你可别这么夸他，平常这家伙就已经不知道什么叫低调了，你这么夸，让别的车队还怎么做人。”

“是事实，确实很强。”随楠说。

以 YNG 目前的实力，怎么也不可能在这种赛事上失利。

就算是迟俞不上场，还有马涛等人，拿到名次不难。

这估计是随楠来了这边之后说过最长的一段话了，到了专业上，她也不是话极少又容易噎人的那个随楠。

迟俞扬了扬嘴角说了句：“分析得不错。”

“是不错，国内局势了解得很透彻。”李立骞把话接过去，继续说，“这些事多了解些，对你之后的工作很有必要，不过今天就是个观赏赛，放轻松就行。”

随楠“嗯”了声，也没再说话。

比赛的场地是品牌方那边提供的，每个车队有自己独立的展台和休息区。

三月底的天气还算微凉，但到了下午场地的气氛却非常火爆。

正式比赛前，花式摩托车特技表演在外场拉开帷幕，穿着比基尼的美女车模在现场穿梭。

迟俞被一群记者围住了。

随楠站在不远处，旁边的马涛看着被困住的迟俞说：“每次到了赛场雷鱼基本会被记者围追堵截，架不住他颜粉太多，只要涉及他的话题热度都会特别高。”

随楠想了想，抬脚往那边走去。

马涛连阻止都来不及，眼睁睁地看她挤进了包围圈。

随楠人很瘦，挤进去也很容易。

迟俞正应付着一个记者很无厘头的问题，乍然见到出现的随楠，眼里的惊讶一闪而过。

迟俞："你怎么……"

"麻烦让一让。"随楠背对着迟俞，伸手拦在他身前，防止记者再次将镜头凑到迟俞的脸上。随楠说得四平八稳，严肃又认真，说完就用手拦开一条路，一只手护在迟俞的背后，就往前面走。

她人远没有迟俞高，挤在人堆里看起来有些吃力，迟俞低头看了看自己身侧的人的头顶，顿了两秒，不动声色地伸手挡开一个差点磕在她脑袋上的长筒镜头。

记者一看随机采访套八卦的机会就要溜走，不死心地跟上前，见随楠伸手挡开，不太高兴地说："哎，我说你谁啊？这是内场区，粉丝不能随便进这里来你不知道吗？"

随楠平静地看过去，说："今天比赛结束后我们安排了特定的采访环节，现在要开始做赛前准备了，麻烦各位让一让，谢谢。"

有跟 YNG 各个车手都很熟悉的记者笑着跟迟俞说："雷

鱼，这谁啊？我原本还以为周胖子一走，采访你们 YNG 会容易很多的。”

周凯是出了名的护犊子，正式采访的稿子都得先亲自过一遍，敏感话题统统不让问，更别提这种随机的现场采访了，以往他们连近身机会都没有，保准让你笑嘻嘻地凑上前，嘴里不干不净地再离开，还得小心着别被人听见。

谁让 YNG 财大气粗，实力也摆在那儿。

但是周凯起码还懂得八面玲珑，结果哪里想到新来一女生，公事公办的语气连点回旋的余地都不留。

迟俞伸手套着随楠的脖子，反过来带着她走出包围圈，一边回头笑着说：“车队新来的小朋友，麻烦各位以后多多关照了。”

迟俞和随楠并肩回到车队展台那儿，马涛就朝着随楠竖了竖拇指。

他说：“小楠楠，挺有勇气啊。”

随楠抿了抿嘴角：“我分内之事。”

虽然好像做得不太成功。

她并不擅长跟媒体打交道，当时也只是看围在迟俞周边的人越来越多，才觉得似乎应该上去帮忙。

马涛笑道：“下次你甭搭理他，应付这种事他游刃有余。周胖子还在那会儿，尽可能拦着的原因其实是担心他自己在媒体面前口吐芬芳，损毁车队形象。”

“麻烦注意一下用词。”进展台区里面拿了一条干净毛巾出来的迟俞，走到边上睨了马涛一眼说，“哪次比赛结束我不是从国之大义一路感谢到队内的保洁阿姨，少到处污蔑我。”

原队长李立骞从别的展区过来，刚好听见几个人说话，当场白了迟俞一眼说：“自己是个什么德行心里没点数？”

他把手里的表格挨个发过去，一边说：“都少贫，赶紧把资料填了，热身赛就甭参加了，赶紧去熟悉熟悉赛道，比赛还有一个小时正式开始。”

这种比赛总体来说观赏性肯定不及一些国际赛。

但是奖金还行，足有五十来万。

YNG 内部估计不会有人缺这点钱，但是对比一些自费参赛的车队和车手来说，还是挺有诱惑力的。

比赛分为 125cc，250cc，以及大排量 600cc 三个组别。

马涛无所谓道：“瞎跑就完了。这种比赛还不如上公路骑刺激，早点完事儿早点回去睡觉好吧。”

“睡你个头！”李立骞没好气道，“给我认真一点。”

随楠正挨个给他们递水，闻言插话道：“涛哥你 600cc 组的，国内高了 250 不让上公路。”

“啧。”马涛被噎了下，“随便说说，随便说说，别这么认真嘛，小楠楠。”

随楠手里的矿泉水刚好递到迟俞的手里。

他伸手接过说：“也不知道是谁，两年前在环城高速那边，半夜两点钟因为飙车被警察叔叔带回局里，惊动整个车队去警局里捞人。”

他一边拧开手里的瓶盖，喝了一口水提醒站在他面前的随楠说：“这种人没什么节操和底线，你来了这里千万别跟他学知道吗？”

马涛大吼：“雷鱼你神经病啊！”

“小声一点。”迟俞皱皱眉，“年纪这么大又起不了带头作用，你还挺有脸？”

马涛撸着袖子就要和他干一架。

李立骞一脸头疼的表情，说：“都闭嘴好吗？没看见现场到处都是记者，非让明天的头版头条都是 YNG 内部不合才开心？而且周凯没在，连个会公关的人都没有，到时候还不知道媒体会怎么乱写。”

迟俞人高，胳膊肘撑在随楠的头顶。

随楠仰头看他。

迟俞看着她的眼睛说：“听见没有，教练烦公关呢，周凯那胖子没在，你要好好学。”

“雷鱼，你没事儿老欺负随楠干什么？”李立骞看不惯他那副站没站相的样子，“我是在烦公关问题吗？我是让你们安分一点，少给我惹麻烦。”

“哦。”迟俞看随楠，“你也觉得我在欺负你吗？”

随楠默默承受着头顶的压力。

她自然清楚这份工作没那么容易，她以前所熟悉的东西仅仅是摩托车和赛道而已。她也参加过很多场比赛，国内环境对女摩托车手并不好，男女并没有分开比赛这一说，而女生由于先天条件限制没办法在大排量的比赛上和男性竞争是事实。

她曾经跑过的最高组别就 600cc，拿了季军，也是从那时起，老薛决定把她往职业车手方面培养。

现如今，她要丢弃曾经所熟悉的一切，去面对她从来没有面对过的东西。

但从她答应来 YNG 的那时起，也没有想过给自己留退路。

随楠拿下头顶迟俞的手，只是说：“你太重了。”

就如同赛场，起步了就没有停下来的道理，甚至是摔出赛道都还要站起来重新回到场上一样。不懂就学，不会就练，那是她最熟悉不过的经验和人生。

正式比赛开始，前几场一直顺利进行。YNG 带出来的几个新人成绩都还不错，基本稳定在前十的位置。

下了场，李立骞就忙着去做分析和指导去了。

剩下最后也是最高组别的比赛，让随楠盯着马涛和迟俞。

汤益阳这会儿情绪早调整过来了，吃了药，脸色也比刚出门那会儿好了很多，跟随楠坐在观赛区。

他们这里的位置高，基本能看清整个赛场的情况。

起始点位置，车手纷纷戴好头盔做着最后的准备工作。迟俞的位置很显眼，在最边上。背后的 57 号是专属号码，享誉国内外。

汤益阳说："迟哥其实一般都不参加这种类型的比赛了，平常训练也多是 1000cc 以上的，这次完全是因为品牌关系在那儿推不掉。要拿到好成绩很容易的。"

随楠"嗯"了声，拿了身侧的一瓶饮料递给汤益阳。

她随口说："你也不差，我看过你比赛的视频，稳定性很好。"

"真的吗？"汤益阳不好意思地笑笑，"以前唐教练也这样说过，但迟哥说还不够，所以我一直都很认真地练习，原本以为这次比赛还能拼一拼的，结果……”

“没关系。”随楠笑了笑，“以后有的是机会。”

汤益阳呆愣了两秒钟，脸噌地就红了，说：“随楠，你笑起来真的很好看，应该多笑笑。”

随楠或许自己都没有注意。

她笑起来的时候嘴角有两个浅浅的小梨窝，不明显，但是很可爱。跟她不笑的时候给人的感觉完全是两种不同的状态。

随楠并不吝啬自己的表情，也不是真的冷淡。如果非要用一种状态来形容估计是慢热，她很难跟不熟悉的人很快热络起来，但以前在小县城的时候，跟老薛和黑狗他们相处久了，也有情绪高涨和夸张的时候。

骑着车在破落县城没什么车辆的宽阔马路上大笑，因为黑狗划了她的车，她淋着雨追着他在院子里打。还有，对以前追求她的那个校霸每一次也是冷眼和不耐烦。

现在回想起来，好像她是自从脚受伤后，才很久没有过这些夸张的情绪的。

很少有人和事能牵动随楠的情绪，她对不熟悉的人也比以往显得更冷漠和不近人情。

但 YNG 的人给随楠的印象都还不错。

包括刻薄的雷鱼，她并不讨厌他。

所以，此刻她听了汤益阳的话，直接给了对方一个更灿烂的笑脸。少女双眸明亮如新，笑得如这三月的清风，能融化这世间一切的风雪和霜露。

两分钟，不远处的电子大屏开始滚动播放着参赛车队和车手的信息。

很多时候，赛场上你不仅要了解自己，更要了解你的对手。

汤益阳看着大屏说："FM 的陶旭飞和腾跃的徐天果然都来了，陶旭飞这人还挺厉害的，外号'大猩猩'，你看他那体型是不是真的挺……"

汤益阳说了半天才发现旁边的人很久都没有作声，而视线则盯着最新滚动出来的消息。

"怎么了？"汤益阳问。

随楠看着那边说："腾跃最近招新人了？"

"噢，你是说那个薛亦梁吗？听说好像是一个月前刚刚签进去的，人挺厉害。你知道的，腾跃本就是企业组建起来的商业车队，一切以利益为先，虽然很耗人，但他们不可能签没有任何实力的车手。”

直接买进比从头培养一个新人不知道容易多少。

这就是资本的游戏，车手都未必有话语权。

随楠没说话，垂了垂眼睫毛掩饰掉眼眸中的所有情绪。

也对，世上哪来那么多同名同姓的人。

彼时的赛道起始点处，无视掉旁边比基尼车模美女投过来的眼神，迟俞转头越过马涛和旁边的陶旭飞说话。

陶旭飞这人不愧对他大猩猩的外号，外表粗犷，声音浑厚。

他大笑着看着迟俞说：“我说雷鱼，上次是谁放话说不参加1000cc以下的比赛，这话都放出去了，这么自打脸不好吧？”

“谁又造我谣。”迟俞否认，“我可不记得自己说过这话。”

陶旭飞翻了个巨大的白眼，提醒：“就上回，在越南，你跟一美国人私下比赛那回……”

“你记错了。”迟俞毫不脸红地将他的话打断，笑了笑说，“那半年前你还说自己要去打褪黑素，怎么过去这么久也没见你变白？”

陶旭飞：“你这人，不带这么人身攻击的！”

隔着几个人是腾跃的徐天，这个人平常就一本正经的，作为腾跃这种车队的队长，实力很恐怖，对队友也很严。

平常看着挺正常，但见过他发火的人估计都得留下心理阴影。

迟俞例外，他跟徐天也算是认识很多年了，赛场上的老对手。

迟俞见他身后有张陌生的脸孔，笑着说：“老徐，这种比赛你怎么也来凑热闹？亲自带新人，难得啊。”

徐天：“嗯，带人感受一下正式比赛的气氛。”

“培养下一代？”迟俞这人真要嘴贱起来根本就旁若无人，“我懂，你老了，提前培养接班人。”

旁边马涛都看不过去，骑在车上还伸脚踹他说：“闭嘴吧。”

这抬头不见低头见的，每次比赛都得损人两句，何必呢。

徐天说：“我看你们车队把周胖子派出去就是个彻头彻尾的错误。”

“那你就错了。”迟俞笑着说，“我们队新来了个小朋友，叫随楠，人虽然是有个性了点，但挺有趣的，长得也还不错。”他一边说一边把头盔戴上，回头继续，“也是，我想你们这种遍地光棍的车队是感受不到的。”

边上的陶旭飞不服：“发什么骚呢，你不是恐女吗？”

“并不，谢谢。”迟俞给了一个假笑，伸手将头盔的玻璃镜面盖下来，提醒旁边的马涛，“准备了，赛道上见。”

所有人将注意力放到了比赛上，根本就没人注意到徐天后面那个所谓的新人皱着眉，脸色苍白中又带了些惊讶和不敢相信。

这次比赛的赛道弯道非常多，比赛的哨声一吹响，震撼的引擎声霎时响起，一辆辆车如离弦的箭往前蹿去。

两边的观赛区尖叫声震耳欲聋，气氛狂潮被掀了起来。

但这种比赛的实力高低也非常两极化。

有的车手在起始点冲得太猛，致使车刚出去就一个猛地抬头，平衡过来之后已经被人甩出一大截。

而稳稳冲在最前面的，就是雷鱼、徐天等人。

他们本就是国内大排量顶尖车手，来这种比赛局基本都是吊打新人。第一个弯道过去就有车手翻车摔出赛道，导致后面接连带翻了四五辆车。

场地一片混乱，有现场随时待命的技师连忙上前查看情况。

十圈比赛路程的结果，迟俞以五秒的差距拉开第二名的徐天，拿下总冠军。而马涛也拿到了第四的好成绩。

YNG 内部一片欢腾声，反倒是迟俞自己很淡定。

李立骞提议晚上聚餐庆祝。

“可以可以。”马涛立马附和，“雷鱼请客！”

迟俞开口说：“还能更不要脸一点吗？”

只不过他表情轻松，又带着笑，一看就是开玩笑，惹来车队的几个新人一阵忍笑声。

随楠没有参与，她站在边上，抱着手看着不远处的方向，面无表情。

有人喊：“随楠，你看什么呢？”

她收回视线笑了笑说：“没什么。”

迟俞跟着随楠的视线看过去，注意到那个方向的情况之后挑了挑眉，对着刚走过来的随楠说：“怎么，认识？”

随楠没说话，既没有承认，也没有否认。

边上的马涛直接说：“那是徐天，腾跃车队的队长，以后各大比赛现场你应该能经常见到他。嗯，他正在教训的那个人叫……薛亦梁，听说实力还行，但刚刚他第一个弯道就摔出去了，啧，难怪徐天发那么大火。”

随楠“嗯”了声，并没有多说什么。

边上的迟俞看了她一眼，又看了看不远处，挑了挑眉。

而不远处的徐天等人自然没有注意到这边的动静。

徐天皱着眉问面前的人说：“你到底怎么回事？这么低级的错误也犯？”

薛亦梁也就二十岁，长得挺白净斯文。他伸手揉了揉眉心略显疲惫，开口：“对不起，队长。”

“给我个理由。”徐天说。

薛亦梁表情有些迟疑，想了半天才说：“其实也没什么，就是一下子分了神。”

“分神你就分到直接从赛道上摔出去！”徐天严厉地吼，“有什么了不得的事情让你敢拿自己的性命开玩笑？你不是什么都不懂的新人，知道在赛道上有些规则绝对不能犯。你多大的人了，还需要我教你吗？”

“我很抱歉。”薛亦梁只是道歉。

十分钟后，候场区的男卫生间内。

薛亦梁双手撑在洗手台上，抬头看着镜中的自己。

顿了两秒，他拿出手机，拨出了一个烂熟于心的号码，响了两声，对面接了。

“喂。”是熟悉的女声。

薛亦梁有整整半分钟的时间都没有出声，情绪镇定了一会儿才说：“是我，楠楠。”

“我知道。”随楠说。

对方的语气听起来很正常，薛亦梁干脆开了免提将手机放在洗手台上，弯腰打开水龙头捧了两捧冷水泼在自己脸上。

他没有关水龙头，在哗哗的水声中开口说：“听说你进了YNG，怎么也没跟我说一声？”

“你进了腾跃不也没和我说。”女生的声音在空阔的卫生间里听起来特别清晰，和薛亦梁始终压抑的情绪不同，她紧接着就道，“当初你一心想上赛道，就是这么上的？69名，薛亦梁，你真挺让我刮目相看的啊。”

“楠楠……”薛亦梁的声音里带了一丝晦涩和尴尬。

另一边的随楠同样静默了半分钟，最后说：“腾跃还是挺不错的，以后好好比赛吧。”

薛亦梁立马道：“你在哪儿呢，能见一面吗？”

“不见。”

随楠回答得太快也太直接，直接把薛亦梁给噎住了。

“为……为什么？”

“以后有的是见面机会，私下就不必了。我现在是YNG车队的临时经理，接触别的车队影响不好。就算是赛场上，我们也属于竞争对手。”

“一定要分得这么清吗？”薛亦梁略烦躁地抓了抓头发，“毕竟我们……”

“少拿我们说事儿。”女生的声音毫不留情地打断他，“亲兄弟上了场都得明算账，何况我俩算啥？义兄妹？”

薛亦梁看着镜中自己无奈的表情。

他说：“楠楠，咱能不能不闹？”

“没跟你闹，没事儿挂了啊。”随楠说完像是又想起了什么，接着道，“对了，赛成这个样子我就不跟老薛报告你的行踪了，免得气出心梗。”

然后电话嘟嘟响起，被直接挂断了。

薛亦梁看着手机半天没有动作，像是被定格在了原地。

直到哗哗水声突然停止。

薛亦梁从眼前水龙头上那只干净白皙的手掌缓慢往后转过去，脸色震惊又尴尬：“迟哥？”

一个圈子里的人不可能不认识 YNG 的雷鱼。

而且现在 YNG 这个名字对他来说异常敏感。

迟俞换了身常服，黑色单层外套里面是件白 T，袖子撸到手肘处，露出劲瘦的小臂。

他替薛亦梁关了面前的水龙头后，又伸手打开了自己面前的，慢条斯理地洗着手，然后“嗯”了声。

迟俞随口说：“浪费水资源漏财。”

薛亦梁：“啊？哦……嗯，谢谢迟哥。”

终于洗完手的迟俞随手扯下两张卫生纸，一边擦手一边掀着眉毛问他：“被徐天教训了吧？那家伙更年期提前好多年了，心态好点儿，下次继续加油。”

已经维持一个表情太久的薛亦梁，脸颊的肌肉忍不住抽动了两下，嘴上应道：“嗯，一定，谢谢迟哥的鼓励。”

“不用。”迟俞把擦完手的卫生纸揉成一团，精准地扔进旁边的垃圾箱里，“既然是我们队里小经理的亲属，都是应该的。”

他说完还拍了拍对方的肩膀，笑道：“在徐天那儿待不下去了可以转来 YNC，我们对新人都是很友好的。”

他拍完之后转身离开。

留下薛亦梁一个人呆立在原地。

薛亦梁不知道迟俞是什么时候进来的，但看样子极可能比他先一步进来。

而且亲属？什么亲属？

他跟随楠从来就不是亲属，以前不是，以后更不会是。

但薛亦梁想起刚刚迟俞提及“小经理”三个字时的语气，双手撑在洗手台上皱了皱眉，打从心底里感受到了一种威胁。

而另一边。

随楠挂了电话回到中心区。

比赛已经全部落下帷幕，十分钟后是上台颁奖的环节。

穿着露肩装的女主持人热切地说着开场词，还准备了一系列上台抽奖及车迷跟自己偶像互动的游戏环节。一大群车迷挤在台下叫着自己偶像的名字。

其中以雷鱼的名字最为响亮。

随楠确认了一下队内人员才发现迟俞没在。

头顶上按来一只手。

“东张西望的，干吗呢？”迟俞淡淡的声音响在头顶。

见她仰头看过来，迟俞垂眸问她：“找男朋友？”

随楠挥开他总是这样居高临下的手。

“找你。”

迟俞接得倒是嘴快，说：“我又不是你男朋友。”

“谢谢，你当然不可能是。”随楠白了他一眼，拉着他的袖子往前面拽了拽，“快点，要领奖了，骞哥找了你好半天。”

迟俞好脾气地任由她拉着自己，刚到了台下就听见主持人叫了迟俞的名字。他随手扯了扯身上的外套就上去了。

主持人笑得像朵花，大声道：“没错，这就是我们今天的冠军——YNG 车队的雷鱼！”

车迷疯狂叫着他的名字。

随楠不是第一次见识这样的比赛现场，或许这场比赛是国内老品牌赞助的，本身存在的年限就长，粉丝基数也很大。

让随楠算是切身体会了一把国内顶尖车手的人气和热度。

女主持：“雷鱼跟我们分享一下夺冠的心情吧。”

话筒伸到了迟俞的面前。

他伸手接过，笑了笑：“心情还不错，这是 YNG 本年度的第一个冠军，算是个开门红吧。”

女主持：“没错，那我们就在此预祝接下来的全国赛乃至亚洲赛上，YNG 都能取得好成绩！”

官方的套话一说完，主持人就大声道：“好了，接下来就到了我们车迷朋友最期待的环节了，看到你们的入场序号没有？拿好了，接下来我们将抽取其中一位幸运车迷，跟雷鱼共同完成接下来的游戏环节。”

这场比赛本身就是娱乐性质居多的，陶旭飞和徐天他们都已经抽好搭档等在台上的一边了。

众粉丝嗷嗷叫：

“选我，选我！”

随楠站在汤益阳他们旁边，听到喊雷鱼的尖叫声都有些麻木了，直到女主持拿走迟俞手上的号码球，念出 24 号的时候，人群才安静了一瞬。

众人纷纷环顾四周，想找出这个被上天眷顾的幸运儿是谁。

幸运儿随楠看着自己手上的号码，抽了抽嘴角。

李立骞拍了拍她的肩膀说：“就当委屈一下啊，主办方非要进行这个活动，但是雷鱼死活不参加，我们最后说好走黑幕才让他勉强同意下来的。”

随楠指了指自己：“那为什么黑我？”

“哎呀，这种活动要抽女粉丝才有意思，但是队内唯一一个女孩子就是你了。”

随楠无奈接受了这个现实，抓了抓头发上去了。

还没到台中心，随楠就感到有很多双眼睛此刻正怨毒地看着自己。

女主持见着随楠说：“哇哦，好酷一小姐姐。”

迟俞也挺意外地看着她，似乎没料到主办方安排的人会是她。

游戏环节很无聊也很幼稚。

粉丝跟车手互绑一条腿跟其他组的人比赛踩气球，谁最后留下的气球多谁就获胜，说白了就是一个增加粉丝与车手近距离接触的机会。

彼时，台上几组人员分别做着准备工作，随楠蹲在地上，迟俞也同样将两人的脚靠在一起方便工作人员帮忙把气球绑上。

随楠用的左脚靠着迟俞的右脚。

台子周边不停闪烁的闪光灯有些刺眼，随楠感觉自己被嘈杂的声音包围着。

直到迟俞突然说了声：“换个位置。”

“嗯？”随楠一开始没反应过来。

直到旁边帮忙的工作人员小心翼翼地将她稍微卷起的裤脚放下的时候，她才突然明白过来。她今天穿了双白色帆布鞋，挽起了小裤脚之后，踝骨上面一寸长的伤疤在细白的皮肤上看起来过于显眼。

随楠说：“其实不妨碍……”

她还没说完，迟俞就已经转身绕到了她的另一边，并跟工作人员说：“麻烦了。”

工作人员连忙说：“没事没事。”

随楠看了迟俞一眼，也没再说什么，倒是觉得这人有时候出乎意料的细心。

游戏正式开始，随楠身材比例再好，那跟迟俞的身高差距也是在那儿的。

这个人身高腿长，他要是跨一步，随楠怀疑自己都未必跟得上。

陶旭飞那伙人也都是上过各种国际大赛的，也不知道是不是因平常被迟俞这人挤对得太狠，到了这种时候，简直是群起而攻之。

场上一共有七组人。

女粉丝各种尖叫，哪里还顾得上什么女神形象，恨不能扯着对方的头发打一架。

车手还算比较克制的，毕竟骚包如陶旭飞这些人，跟迟俞就算有“血海深仇”，也还算收敛。

随楠动作灵敏地躲开一人的攻击，气喘吁吁地问旁边面不改色的人说：“老实说，你跟国内各大车队是不是有什么不为人知的纠葛？”

“没有的事。”迟俞瞥她一眼，“都是兄弟，一家亲。”

“亲你大爷！”刚带着粉丝杀过来的陶旭飞试图对两人发起攻击，没好气道，“臭不要脸，谁跟你兄弟？”

迟俞带着随楠倒退一步躲开，“啧”了声。

“输不起就恼羞成怒，怎么连一点职业车队的气度都没有？”

陶旭飞气炸了，对着另一边靠过来的徐天说："弄他！"

随楠都服了这人气死人不偿命的本事，在被各大车队联和殴打的边缘疯狂试探。

作为被连坐的无辜人员，随楠不得不打起十二万分的精神。

但毕竟对方人多势众，两人速度再快，也不免被人踩爆了好几个。

脚上还仅剩两个气球的时候，迟俞突然在她耳边说："跟紧我。"

话刚落，她就发现自己一只脚直接离地，腾空转了一圈成功避开了后面偷袭过来的一组人员。但是同时，尴尬的事情也发生了。

迟俞一只手原本卡在她的腰上，但是因为用力，直接往上一滑。

两人同时察觉到不对，都愣了片刻。

而且由于方向倒转，随楠受过伤的那只脚彻底暴露在被攻击的范围内，迟俞为了护住她，直接转身垫在下面，他们双双倒在了地上的软垫子上。

随楠趴在上方，贴着迟俞的胸膛，抬头就对上了他的眼睛。

主持人说："哎呀，好可惜，没想到最先淘汰掉的居然是YNG的雷鱼一组。看来果然人气很高，游戏环节大家都争相想打败他。”

“没事吧？”迟俞蹙着眉问随楠。

随楠摇头从地上起来，但忘记了两人脚还绑在一起，又被扯得趴了下去。

女生柔软的头发扫过迟俞下巴，迟俞眼里难得带了点笑意。

他们输了之后，场上的观赏性就散了大半，大家互相踩过去踩过来，竞争意识都弱了很多。

随楠跟迟俞两个人在边上解绑。

结果原本的绳结因为动作太大缠绕在一起成了死结，死活打不开。

解绳子的人是随楠，她蹙了蹙眉，继续努力。

随楠能感觉到有目光落在身上，迟俞在看自己。

随楠继续，但不知道是不是因为一直被人看着的原因，越解越解不开，好不容易扯出一根线，结果发现死结更紧了。

随楠在那一瞬间，体会到了以前每天睡觉前都得拆一遍耳机线的暴躁。

她瞪着眼抬头，没好气：“看什么看？”

迟俞一声轻笑。

其实都不算是笑，就是一声短促的气音，听起来更像是嗤笑。

下一秒，随楠的衣领被人扯着往上提起，一只冷白修长的手出现在随楠的眼前。十指利落交错，十秒不到，死结打开了。

随楠只好闷声道：“谢谢。”

“不用。”迟俞伸直腰往台下看了一眼，“我是担心你要再解不开，你男朋友怕是会忍不住冲上来帮你了。”

随楠跟着他的目光往台下看了一眼，对上了薛亦梁的目光。

随楠收回视线，看向迟俞，奇怪：“谁说他是我男朋友？”

随楠：“不是，他单恋我而已。”

迟俞此生第一次一口水差点直接喷出来。

第三章

/ 以“虐”她当作日常乐趣了

被单恋的随楠有段时间也挺困扰，老薛的儿子，大约继承了他一半的天赋。但是薛亦梁曾立志要跑进全国摩托车的第一线。

现在他算是做到了，进了腾跃。

在这之前，他和老薛已经三年没说过话了，父子成仇，又互相惦记。三年来随楠几乎成了两人之间的传声筒。

当然，这都是在随楠脚受伤以前。

薛亦梁说喜欢她那会儿，随楠其实还在念初三，薛亦梁高二。

那时候薛家父子的关系也还没有这么恶劣。

薛亦梁那时候疯狂迷上了街机，结识了一群街头浑小子，美其名曰追寻青春，结果让老薛天天提心吊胆，就怕他哪天一不小心栽水沟里淹死了都没有人知道。

比赛结束后去聚餐的路上。

车里，马涛听得一愣一愣的，说：“我一直以为疯狂迷恋街头机车的年纪应该是李教练上中学那会儿啊，像风一样的不羁少年，染着一头赤橙黄绿的头发，泡妞泡网吧的一群好手。”

“神经病吧，你。”李立骞当头给了马涛一巴掌，又说，“不过也对，谁还没个反抗父母的中二时期。”

随楠没多说，只是就自己和薛亦梁认识的这件事做了简单声明。

毕竟大家现在立场不同，也是为了避免不必要的误会。

汤益阳小声说：“感觉不错哎，青梅竹马。”

马涛也八卦：“你进了YNG，他随后就进了腾跃，你俩真的就没什么……嗯哼？”

一直靠在车窗边的迟俞目光离开手机界面，抬头扫了沉默的随楠一眼。

随楠没应声。

青梅竹马是真的，但是要说有什么，估计就是薛亦梁说他喜欢她很久了，她拒绝他的第二天就为他断了一条腿吧。

随楠懒得再回忆以前的事了，偏头望向车窗外。

聚餐的地点是城中心的一家火锅店，他们订了二楼的包厢。

浩浩荡荡的一群人笑骂着上了二楼。

随楠作为女生，位置就在老大哥李立骞的旁边，再过去就是迟俞，然后是马涛等人。

有些人吵着要喝酒。

磨了半天，李立骞才松口，允许年纪小一点的稍稍喝一点点。到了随楠这里，大家自动把杯子里的东西换成了橙汁。

随楠看着面前的杯子："我觉得这是歧视。"

"歧视？"马涛大笑，"小楠楠有志气！来来来，哥哥今天教你什么叫成人的世界。经理这活儿可不好做，以前周胖子在那会儿，一杯倒的人后来愣是被逼成了酒桶。"说着就往随楠面前放了一小杯。

是真的非常非常小的那种杯子。

旁边的迟俞嗤了声。

随楠看着面前的杯子没说话。

"涛爷你住嘴吧。"李立骞伸手就把杯子拿开，对着随楠语重心长，"别听他一天到晚瞎胡说，任何事还有我们呢，哪用得着你一女生出头。"

一个小时过后。

马涛趴了，醉得两颊酡红还不忘高声："来！继续喝。"

其他人也没比他好到哪儿去。

只有滴酒不沾的汤益阳目瞪口呆地看着面不改色的随楠，悄悄冲她竖了大拇指。

门口有人推门进来。

一手拿着外套和手机的迟俞看清里面的情况后顿了顿，挑着眉："我就接了个电话，你们这是发生了什么我不知道的事吗？"

汤益阳默默看向随楠。

迟俞同样看过去。

随楠："涛哥最先说要跟我拼酒的。"

迟俞将外套搭在椅背上看她，问："你把他们喝成这样的？"

随楠也意识到现场状况似乎惨烈了些。

但她确实挺无辜，说："我不知道你们车手连在喝酒这件事上的好胜心也这么重。"

"你以前也是。"迟俞提醒她。

随楠选择装聋作哑。

她的酒量其实是跟着老薛练起来的，她才丁点大的时候就经常往他那儿跑。当时县城组起来的那个车队都是些年纪不算小了的人，逗她的时候就用筷子沾了白酒让她尝。

后来大些，她时不时也会陪老薛喝两杯。

说狂妄点，她这辈子还没体会过喝醉酒是什么样的感觉。

“出息。”迟俞看着现场揉了揉额角，然后指挥几个小的包括汤益阳在内，把喝醉的人架出去。

随楠留在后面结账和收拾东西。

她没想到会在这里再次遇见腾跃的人。

看样子对方也是刚好在这边聚餐。

下午那会儿就远远见了薛亦梁一眼，但此刻他就在离这里不到五米远的地方，就那样看着她。

腾跃的人也觉得奇怪，还以为薛亦梁今天比赛失误心情不好。

“没事吧？”身边的队友搭着他的肩膀问道。

薛亦梁摇头：“没事。”

众人随着薛亦梁的目光看过去，见到了前台的随楠。

有人惊讶：“那不是 YNG 新来的那个经理吗？雷鱼那家伙还夸她来着。”

“没错，是她，我今天也见着了。”

有人发现薛亦梁的眼神有些不对，问他：“梁子，认识啊？”

“嗯。”他说。

“真认识？不会是女朋友吧？”

“不是。”薛亦梁否认后又突然低声说，“但迟早是。”

众人：“……”

“不错不错，挺有勇气。”有人干笑两声，“就是要这样，挖了YNG的墙脚，让他们无路可走。”

“得了吧。”有人吐槽，“还不如自杀来得快呢，雷鱼那浑蛋玩意儿你敢惹他？我怕你以后趴在赛道上再也爬不起来。”

“怎么就是挖墙脚了，不能两个车队相亲相爱吗？”

“呕！”

火锅店外的角落里，随楠扯了扯背包的袋子，看着拦在自己面前的人抬眸问：“不是聚餐吗？跟着我出来干什么？”

“楠楠。”薛亦梁叫她。

“行了，怕你。”随楠妥协般叹了口气，和以前他们每次上场前一样，往前走了两步直接给他一个拥抱，还拍了拍他的背说，“加油，今天也不是故意说你，实在是你的成绩太辣眼睛。”

薛亦梁伸手回抱她，低声：“我以为你不想和我说话。”

“不想和我说话的是你。”随楠退开，毫不留情地拆穿他，“你自己回想，来怀城之前一直避着我的人是谁？”

夜晚的风微凉，问完这句话气氛突然之间沉默下来。

随楠的人生里，从小到大除了奶奶和老薛，最亲密的人估计就是薛亦梁。

薛亦梁和她不太相同，也不太像他爸。

随楠猜测他的长相应该肖似他的母亲，斯文白净，回回考试成绩年级第一。小时候随楠跟人打架，薛亦梁就属于打不赢还要冲上去替她扛的人，而后来他开始接触摩托车也是因为随楠到了老薛手底下学习之后。

他是天赋不高，但很执着的人。

所以他特别叛逆的那段时间，随楠最初是不理解的。

后来才从老薛那儿得知，是因为他得知自己的妈妈生病去世的时候，老薛因为一心在国外比赛，都没有回来见她最后一面。

那年薛亦梁两岁，并没有任何记忆。

但对母亲这个位置的缺席和亲情的渴望，在撞上少年岁月的迷惘和冲动后化成了对父亲的不理解和憎恨。

随楠至今都记得，那天夜里，她坐在修理店门前的石阶上，偏头看到的少年眼底的泪。

只是很可惜，时间是残忍的，很多时候它并不会等待一个人慢慢长大。

薛亦梁跟着一群人在街头惹了些不该惹的人。

而恰好，那天随楠去找他。

如果有人问起，薛亦梁是从什么时候开始真的长大的，估计就是他喜欢的女孩儿为了保护他，被人当着面砸断了腿的时候。

如果有人问他，又是从什么时候，决定要成为一名顶尖的职业车手的时候，大概是医生告诉他，他喜欢的女孩儿再也从事不了这项运动的时候。

随楠赔上了一条腿和最钟爱的事业。

而他决定要代替她重新站上赛道。

随楠挺无奈，就因为薛亦梁这个想法。

她指挥着薛亦梁像很久以前一样去五十米外的小卖部买来两罐啤酒，就这样和他蹲在马路边。

火锅店外人流量很大。

随楠忍受着汽车难闻的尾气，拉开拉环和他碰了碰杯。

随楠没怎么喝，她今天晚上喝得有点多，现在肚子还是很胀，不太舒服。

“很早就想跟你说了。”随楠想了半天终于开口。

她从小就不是个擅长跟人长篇大论谈心的人，但现在她旁边不是什么陌生人，是一起长大的朋友，她看作是家人的她老师的儿子。

随楠把啤酒罐放在旁边的地上。

“你当初离家出走跟老薛说自己要闯出成绩的时候，老薛偷偷哭了一回你不知道吧？”随楠望着身边人的眼睛，看见了一丝不易察觉的难过。

但她没停。

“这辈子我就见老薛哭过那么一回。我知道，因为我的腿坏掉了，更是因为他的儿子离开了。他从来不强迫你要走这条路，但你最后还是选了，理由却是因为我。”

“我不喜欢。”随楠直接说。

“因为我会觉得负担。”随楠一个眼神制止了对方要说的话，接着说，“当初那就是一场意外，并不是因为你。我帮你是因为你对我很重要，和老薛一样。”她说完又一个冷眼甩给薛亦梁，“先说明，我不喜欢你，我说了不止一回了。”

薛亦梁此时的心绪极其复杂，看着随楠的眼神不知道是看着比自己小的妹妹的一种无奈，还是被拒绝的心酸。

他印象中的随楠向来这么干脆利落的。

爱憎分明，喜欢就是喜欢，不喜欢就是不喜欢。

只不过自己成了被拒绝的那一个的时候，才知道感受也并不太好。

“在 YNG 过得好吗？”薛亦梁突然转开话题问随楠。

随楠从一心要把话说清楚的情绪当中抽离回来，应道：“挺好的，大家都很友好。”

“不用在我面前勉强。”薛亦梁伸手摸了摸她的头发，“也不用觉得负担，喜欢你，上赛道，这所有的事情都是我心甘情愿做的。来腾跃吧，虽然这边比 YNG 的条件要稍微差一点，但有我在还可以稍微照应……”

“勇气不错啊，薛……亦梁，是吧？”

突然响在身后的声音吓了两人一跳，随楠没回头就从声音里听出来人是谁了。反观被点名的薛亦梁，面如菜色。

下午刚在卫生间被撞见，转头挖人墙脚又被撞见。

这运气也是没谁了。

“迟哥，巧。”薛亦梁站起来打了声招呼。

“不巧。”迟俞一只手插着裤兜晃过来，“队内小朋友走丢了，来找人的。”

他说完就抽出手拎着随楠的领子把人拽起来。

随楠转头。

“迟哥。”她老实打了声招呼。

“大晚上猫这儿干吗呢，一车人等你半天。”迟俞皱着眉低头看她，扫了边上的薛亦梁一眼，意有所指，“外面野男人很多的，小小年纪别不学好。”

薛亦梁：“……”

随楠也没想到会撞见薛亦梁，被迟俞带走之前，听见迟俞回头还加了一句：“对了，下次挖人看清对象，亲属也不顶用，进了我 YNG 的人想跑……”

“呵呵。”迟俞把目光转回来，看着随楠的脚微笑了一下，“就把另一条腿打断。”

随楠莫名感觉到了杀气。

第一次怀疑雷鱼也许是个活脱脱的虐待狂。

去往车队停车地方的路上。

“迟哥。”

“干吗？”

“你刚刚都听见了什么？”

某人想了想：“你是说隔壁车队新来车手示爱我车队经理被残忍拒绝？还是断腿之恩以身相报？或者青梅竹马感天动地的痴情绝恋悲剧结尾了？你要是指这些的话，我都听见了。”

随楠：“迟哥。”

“嗯？”

“你能活着长大真是个奇迹，呵呵。”

“过奖，下次再让我抓住你私下联络别的车队成员，就做开除处理。”

“我们本来就认识，不算私下联络。”

“可我听见他让你去腾跃了。”迟俞说，“这样吧，我大发慈悲，你说三遍我爱 YNG，就相信你。”

“迟哥。”

“嗯？”

“我看地图了，左转三百米有家精神病院。”

随楠自然不可能真的去腾跃，她就算不待在 YNG 也不可能真的答应对方的要求。

这次比赛结束后，YNG 正式进入紧张的训练阶段。

YNG 财大气粗就在于他们有专属于自己车队的训练场地，而且离俱乐部的位置也并不远。随楠那段时间基本的行程就是，早上八点起床，吃了早饭撸猫等人陆陆续续起床，下午一路跑去场地盯训练，顺便遛狗。

没错，随楠除了日常乱七八糟的活还兼具了养猫遛狗这两项。

原因无他，迟俞以虐她当作日常乐趣。

不过在其他人眼里，迟俞对随楠简直可以称得上是友好中加了那么点宠爱了。

跟宠他“女儿”西西差不多的那种。

迟俞多挑剔一个人啊，周凯那胖子在的时候时不时都得被他气得想杀人，但现在不同了，就凭西西每晚都能堂而皇之地睡在随楠的床上而不被残忍地拎回去，就可以看出此人的宽容度正在无限放大。

周末的时候，随楠打开俱乐部的门，手里拽着三条狗绳。

三条异常健壮漂亮的阿拉斯加犬从她身后蹿了出来。

三条狗的名字分别是酒鬼、麻爷和瓜皮。

随楠曾经一度怀疑迟俞对灰白色最胖的那条有敌意，因为根据方言解释，瓜皮是骂人的说法。迟俞当时瞥了她一眼，原话解释就是，还是奶狗阶段的三条蠢狗数瓜皮最二，曾经踩着一块西瓜皮连摔了三回，连蠢狗之最的二哈都拯救不了它。

这是瓜皮名字的由来。

那天，随楠进了训练场，发现就只有迟俞一个人在。

三条阿拉斯加犬见了赛道上的主人，就疯狂地往那边跑。

随楠被拉得一个趔趄。

迟俞的车眨眼就到了跟前，他一只脚抵在地上停下，伸手掀开头盔上的玻璃面罩看她：“拉不住就松手，你这身板摔地上地都嫌疼。”

随楠无视他话里的嘲讽，问他：“其他人呢？”

“还没来。”

接下来的一个小时，随楠就坐在训练赛道的边上，看着迟俞遛了一个小时的狗。

此刻跟平常风驰电掣一般的速度比起来就像是乌龟在爬，车屁股后面三条蠢狗晃着肥硕的身体屁颠屁颠地跟着跑，一圈又一圈。

天很蓝，风也很轻。

随楠觉得怀城好像真的是个不错的地方，她不再上赛道，但依然从事着跟摩托车相关的职业。盯着他们，安排日常训练，记录每一次进步和倒退，这样的成就感好像也并不比到达终点线那样的成就感来得差。

迟俞停下来了。

随楠丢了一瓶水给他，撸了撸累得直喘气的三条阿拉斯加犬的毛问他：“真有用？”

“肯定是有的。”迟俞拧开瓶盖喝了一口，“再不减肥，它们恐怕都得得‘三高’了。”

没错，最近随楠每天把三条狗带这里来的最终目的，其实是减肥。

它们的主人平常把它们喂得太好了。

狗粮全是进口的，活脱脱人不如狗系列。

说起迟俞突然决定要让狗减肥，还是那天随楠第一次见到它们。

三条阿拉斯加犬太热情，她直接被扑在地上磕了脑袋。

迟俞把她拽起来，把随楠跟三条狗对比了一下，觉得它们的体型看起来是有点过分了。

作为参照物的随楠除了送他一个微笑外，还成了狗保姆。

三条狗里数麻爷脾气最温和，也最会撒娇，跑累了就想往它主人身上蹭。

迟俞推它脑袋赶它。

推开它又蹭过来，推开又蹭过来，边上的随楠都看不过去了，说：“你是后爹吧？摸摸它狗脑袋安慰一下怎么了？”

迟俞看她一眼：“我是后爹你是什么？后娘？”

随楠没经过大脑，顺着他的思路就回了句：“我才没你这么冷酷无情，我亲的。”

迟俞似笑非笑地点点头，拍拍麻爷的狗头：“儿子，去，你妈那儿去。”

随楠：“……”

她好好的一花季少女，突然就多了三个狗儿子。

一周后，俱乐部高层那边突然来了消息，最近接收的这些人基本都从周凯那儿转到了随楠的手里，很多不懂的，周凯也会远程指导。

但由于时差关系，导致未必时时能找到人。

这么久以来其实也并没有什么大事情发生，一些日常工作她都能应付。

但这次她看着电脑里的邮件却皱了皱眉。

彼时已经是夜里十一点。

随楠想了想，还是穿上拖鞋，敲响了对面的房门。

三声一间隔，敲了两遍门才“咔嗒”一声开了。

随楠看着眼前这个只穿着睡裤，搭着毛巾，头上还在滴水的湿身迟俞愣了半分钟，直到他挑着眉开口问：“干吗，西西挠你来告状了？”

“我才没那么幼稚。”

随楠回神应了声，借着迟俞侧身让开的动作擦着他的胸前从旁边进去。

迟俞的房间面积和随楠那间其实差不太多，但是东西摆放简洁很多，而且色调偏深色，看起来男性气息十足。

随楠今天换了身睡衣，鸭黄色，顶着一头参差散落的头发，甩了拖鞋窝在沙发角落里，看起来就像只毛绒的呆头鸭。

迟俞注意到她晾着的赤脚，脚趾圆润可爱。

他不动声色地收回目光，随手扯下衣架上的一件 T 恤套上。他一边擦着头发，一边走过去问她：“这么晚找我有什么事？”

随楠抓过一个抱枕放在膝盖上，打开手提电脑，抬头看着他说：“上面说要塞人进来。”

迟俞皱了皱眉。

“没听说俱乐部最近有签新人的计划。”迟俞坐在旁边拿过她手里的电脑边打开，边问她，“说清楚签了谁没有？”

“潘柏艺。”

“谁？”迟俞像是一时间没法在记忆中搜索出这个名字，所以问她。

这也正是随楠来找他最重要的原因。

她说："一个艺人。"

偶像车手签约车队不是什么稀罕事，摩托车运动其实放在大环境当中不算多大众，但各行各业能人辈出，有的是有天赋又有兴趣的人。

但重点是，随楠接到消息后就了解过了。

潘柏艺歌手出道，唱跳全能，去年凭借一部古剧荣登国内知名小生行列，是个在外界看来很合格且优质的偶像。

但重点是，他不会摩托车运动，不仅没接触过，而且没兴趣。

签约意向是经纪公司直接跟高层谈的，目的是借由即将到来的全国锦标赛推出知名度，打造全能型有特点的艺人形象，顺便还能给自己的新剧造一波势。

迟俞看着电脑冷嗤："摩托车运动什么时候变成娱乐圈偶像艺人往上爬的跳板了？"

"那现在怎么办？"随楠问他，"听说合同已经签了。"

迟俞见她皱眉的表情又突然笑了笑。

"没事，来就来吧，大不了把他打出去。"

随楠："不好吧？"

"你知道的，总部没人管得了我，打不赢的话把你扔出去，应该也能扛一阵。"

随楠：“……”

到了现在，她终于确定，自己似乎又被这个人耍了。

她被气到的表情成功把迟俞逗笑。

他伸手撸了一把她的头发。

“说什么都信，傻得让人心疼。”

随楠：“……”

对接潘柏艺的工作自然是落到了随楠身上，周末的时候接到对方工作室的电话，说他们刚好要到怀城谈一个品牌代言，就下午有时间，想来训练场地感受一下氛围。

随楠去接人。

下午两点，随楠到了机场。

到了才发现机场外面全是潘柏艺的单人人形立牌和横幅，粉丝排了长龙全在外面翘首以盼，甚至还有不少专程从外地赶来的，就为见他一面。

随楠看了看时间，飞机还有十分钟落地。

她手机响了，迟俞打来的。

“哪儿呢？”迟俞问，问完似乎被她那边嘈杂的声音烦到，“怎么这么吵？”

“机场。”随楠回。

迟俞：“机场？”

他不确定地重复了一遍，停顿了半分钟才想起来一样说：“哦，接那明星是吧。”他话刚落，话锋一转，“你什么时候这么听话了？让你接你还真去？”

“周凯哥说要接的。”随楠解释，“说是总部签的人，不好怠慢。”

“周凯那胖子向来会做表面功夫。”迟俞不遗余力地将周凯平日里的作风按在地上摩擦，顺带凉凉地说，“平常我说话怎么没见你这么言听计从？”

隔着电话都不忘怼自己，随楠心想那你说的得是人话呀。

她转开话题问：“对了，给我打电话干什么？”

“俱乐部的阿姨打电话说酒鬼拉稀了，我准备让你上宠物医院拿点药。”

迟俞这两天没在俱乐部。

唐教练那边有事让他过去处理。

随楠蹙眉，心里有点着急，心道早上明明还好好的。

迟俞后来说：“行了，忙你的，我让其他人带它去看看。”他说完还不忘提醒，“早点回去，别见了那些花里胡哨的所谓偶像就丢魂，被人卖了都不知道。”

“借您吉言。”随楠翻了个看不见的白眼，“我肯定把价格抬高一点。”

随楠刚挂了电话，就发现周围的妹子突然激动起来，尖叫着往前拥。

一会儿的工夫，随楠就被踩了好几脚，被人群裹挟着朝着出站口的位置过去。

“哥哥！我爱你，哥哥！”

“柏艺柏艺！勇敢前进！”

“柏艺放心飞！意面永相随！”

一声高过一声的口号浪潮当中，随楠隔着人群的缝隙终于见到了从出站口出来的那群人。阵势非常大，四五个穿着黑西装戴着墨镜的高大保镖站在两侧，随行的还有五六个工作人员提着大包小包。

而主角穿着一身酷潮的卫衣，鸭舌帽、口罩、墨镜，完全把自己包裹起来。

他站在中心位置低着头，一言不发地往前面走。

随楠旁边的两个妹子激动地拿着手机拍照，一边喊着哥哥看我，一边还不忘交流：

“工作室这次终于做人了，还给配了保镖。”

“就是，你看看之前刚火起来那段时间，反黑和做数据简直了，跟条咸鱼差不多。”

“哥哥真的太好了，我们之前说想见他，他就真的没有走VIP通道！”

“我要粉他一辈子！”

……

随楠第一次感受到所谓的粉丝文化，以往更是没机会接触到娱乐圈人士。

但是这风气随楠实在是有些适应不了。

摩托车运动说到底车迷男的比女的多，更注重成绩和刺激感，像迟俞那种靠脸就能吸引大波女粉的已经属于个例。眼前这个圈子不同，机场不少普通的旅客被这情况干扰，随楠已经见好几个脾气不好的女士开口骂了。

挤过最拥挤的那一段路，随楠终于和之前对接的工作室助理联系上。

那助理是个二十出头的女孩儿，见着她就忙问：“车停在哪儿？”

“这边。”随楠带着人往地下停车场的方向过去。

人太多了，他们走得已经很快了，后面噔噔噔全是女粉丝奔跑追逐的脚步声。

保姆车是YNG内部自己配的那辆，司机是位四十来岁的大叔，估计是以前被迟俞那些女粉给磨出经验了，见了这阵仗竟也不慌，人一上车，就快速蹿了出去。

走出机场大概十分钟，司机看了看后面说：“有跟车的。”

“能甩掉吗？”问话的是潘柏艺的经纪人。

话刚落，车里就传出咚一声，是潘柏艺本人摘下脸上的墨镜扔到了旁边。

随楠第一次近距离看这个人。

不同于电视里角色所呈现出来的那种疏离冷感，黑色的耳钉和脖子上的金属链子都让现实中的潘柏艺显得极具有个性。

此时，他的表情实在算不上好，扔了墨镜，皱眉直接来了一句：“这些女的是不是有病？”

车内的气氛瞬间凝固。

团队里的工作人员都看着唯一一个外人随楠。

经纪人最先开口，尴尬地对着随楠说：“不要介意，他连续工作了三天，脾气不太好。”

“没事。”随楠淡淡地摇头。

这世上表里不一的人多了去，何况娱乐界的人多的是经过包装和公关造出来的假人设，跟随楠也没什么实质性关系。

她不会到处去宣扬，也不会随便乱说。

经纪人苦口婆心地跟潘柏艺说：“你也不想想这话传到粉丝当中是个什么后果？就像今天，如果你走了 VIP，保不齐就有人黑你耍大牌，这热度刚起来，低调点为好。”

“我又不在乎。”潘柏艺冷笑。

随楠这边查过一些关于潘柏艺的资料，知道他自身家境不错，根本不在乎娱乐圈挣来的那点钱。

这么高傲有个性的人，偏偏公司给他定了流量路线。

随楠开始认真思考 YNG 签下这样一个人的后果。

“喂。”潘柏艺突然出声。

随楠后知后觉发现他是在叫自己。

“怎么？”随楠问。

潘柏艺看着她皱眉问：“你就是 YNG 的经理？”

“暂代的。”随楠说，“周凯哥出国了。”

“随便。”潘柏艺无所谓的样子，“既然你是经理那就好办了，我接下来一个月都打算待在怀城，各方面就麻烦你了，谢谢。”

不只是随楠，一车的人都愣了。

经纪人：“闹什么？你的工作都排到下个月月末了。”

潘柏艺："那是你们接的，我从来就没同意过。上部戏刚杀青，放我一个月的假不过分吧？何况摩托车手这个身份是你们让我做的，没做出点样子到时候被嘲讽的人还不是我。"

随楠想了想，认真道："说实话，一个月再辛苦地练也出不了什么成绩。"

车里的声音在一瞬间静得连针掉落都能听见。

潘柏艺这人也不知道是怎么想的，随楠不怎么客气地道出现实后，这人居然一点生气的样子都没有，倒是对她客气起来。

他不住俱乐部，自费住在五星级酒店，第一天下午在训练场找人带着跑了两圈后，就被团队带走。

晚上，随楠在俱乐部楼下的客厅里泡脚，见电视里的宣传活动上，如期出现了潘柏艺的身影。

大门在八点左右被人打开。

迟俞手上拿着车钥匙，从外面进来。

随楠奇怪地问："不是说后天回来吗？"

"提前处理完就回来了。"迟俞把钥匙扔桌子上，环顾了一圈问，"其他人呢？"

"打游戏呢吧。"随楠说，"涛哥出去了。对了，酒鬼已经没事了。"

“嗯，我知道。”

迟俞穿了件黑色的大衣，脱下来扔在旁边的沙发上，低头见沙发上随楠泡在桶里的脚背上青了好几块，蹙眉问：“脚怎么回事？”

随楠自己低头看了一眼：“哦，追星的勋章啊。”

一看就知道是被踩的。

随楠当时只觉得有些痛，回来脱了鞋才发现脚背上青了好几块。

因为她大夏天也不爱穿凉鞋的原因，脚上的皮肤细白细白的，导致看起来就有点吓人了。

“你可真行。”迟俞说了句。

他自己上楼了，不到五分钟又从楼上下来，把手里的东西扔到随楠的怀里，说：“洗完拿这个擦一下。”

是一瓶类似红花油的东西。随楠揭开盖子闻了一下，气味大得冲鼻。但是随楠还是听话地把脚擦干，然后退到沙发上曲腿坐着，倒了点药水到手里一点点在脚背上揉开。

电视里的采访还在继续。

主持人问潘柏艺接下来的行程安排。

这个时候的潘柏艺穿着一身得体的西装，化着妆，连头发丝都精心打理过。

他笑得很温和：“近期确实有涉猎其他兴趣爱好的打算，不过还在尝试阶段，粉丝朋友接下来可以期待一下。”

倒是一点看不出下午在保姆车骂粉丝是不是有病那个样子。

私生饭是挺讨厌，但这人的变脸速度也确实有点猝不及防。

随楠一边看，一边继续着手上的动作。

迟俞倒了杯水拿在手里喝着，站在沙发边上注意到了她的视线，跟着往电视里看了一眼，挑着眉问：“潘柏艺？”

随楠：“嗯，是他。”

迟俞喝了一口水：“看这么认真，对他一见钟情了？”

“没有啊，我不喜欢这款。”随楠说。

她说完抬头看向迟俞。

“迟哥。”随楠叫了迟俞一声，想到潘柏艺那种个性，顿了两秒开口说，“高层选人都不筛查一下？”

迟俞看着电视里的人，回答说：“高层当然更看重钱，钱到位了一切好说。”他说完转头看着随楠问，“你见了人感觉如何？”

随楠皱皱眉道：“脾气挺差，其他的也没看出什么来。”

迟俞“嗯”了声，也没再说什么。他把杯子拿到厨房的水龙头下洗干净，放到平常放置的地方。

正待上楼，脚都踏上去一步了，他又转头看着还窝在沙发里的人说：“脾气差你就自觉离人远一点，少怼人。”

随楠面无表情：“哦。”

事实上，潘柏艺说是要待在怀城就是真的待在这边，但是活动也没少参加。高层这边还专门给他找了个一对一的教练，和YNG内部交集其实不多。

半个月后的全国公路锦标赛开始报名。

这是国内的摩托车协会举办的，报名单子随楠已经交上去了，潘柏艺也在列，这是他自己的要求，也是俱乐部高层的意思。

上面说，名人效应带动摩托车职业比赛，让更多人熟知这项运动终归是好事。

随楠不可能有什么话语权，所以就给报了。

早上九点，随楠抱着西西从楼上下来，见着马涛和汤益阳两个人装作看手机，其实都伸长了脖子往外面看。

她奇怪道：“你们看什么呢？”

“吵架呢。”马涛指了指门外悄声和她说，“迟俞和骞哥。”

“啊？”随楠不太相信。

如果说YNG内还能有人管得住雷鱼、让他心甘情愿听点话的人，除了唐天波估计就是新任教练李立骞。李立骞作为 YNG 的老大哥，迟俞是信任并且尊重他的。

而且这两个人有什么好吵的？

汤益阳一直嘀嘀咕咕：“完了完了，曾经躲过各大车队车手大战的我们亲爱的 YNG，终究也要迎来这一天了吗？而且还是队长和迟哥，天哪，我不能接受。”

“他们吵什么？”随楠往外面看了一眼问。

“不清楚。”马涛摇头，“好像是全国赛的事情。”

随楠顿了两秒，果断抱着西西站门边去听。

说是吵架其实根本就没吵，站在别墅外面的两个人看起来无比心平气和。

李立骞站在迟俞对面，迟俞抱着手靠在院子里一棵榕树上没什么正行的样子。

迟俞的声音最先传过来，他说：“现在这操作是一拨接着一拨了，为了个破赞助，什么人都往里面塞，现在更神。个人赛怕被吊起来打脸，就以 YNG 的名义参加队赛，这拖的是谁的后腿呢？”

随楠听明白了，说的是潘柏艺的事儿。

报名表是她交上去的，没有谁比她更清楚了。

一个星期前，关于潘柏艺将参加 CRRC（中国公路摩托车锦标赛）的通稿已经全网飞了，而且事先并没有和车队这边沟通。

通稿都发出去了，随楠这边才被告知这事儿。

而且潘柏艺的经纪团队的意思是，成绩只要不太烂，面上过得去就成。

凭借 YNG 在国内摩托车队的地位，带上潘柏艺的名字，都够那些完全不了解这项运动的粉丝吹一波的了。

随楠为了这事儿还特地找过对方的经纪人，可那人知道她只是暂代经理，根本没把她放心上。

随楠进了 YNG 之后知道迟俞一般很少管比赛以外的事情，但没想到他竟然也为了这个特地找李立骞聊。

李立骞白他一眼说："你以为我不知道啊，可现在有什么办法？你知道国内现在经济不够景气，年前就有两个小的赞助商直接倒闭了。凭借周胖子在的时候都没办法谈下来更大的赞助，你还想让年仅十八岁的随楠顶上啊？"

迟俞抱着手，凉凉道："我才不像周胖子，虐待童工。"

"得了吧。"李立骞没好气道，"你奴役人的时候少了？"

"你哪只眼睛看见了，说比赛的事呢。"

"我知道你怎么想的。"李立骞也不管他死性不改的样子，认真了两分，“YNG 是我们所有人一起走到现在的，没道理就这么拿出来由人糟蹋。但换个思路想想，这不过就是国内的春季赛而已，你和马涛他们的个人成绩不怕上不去，我们接下来还有亚锦赛，甚至是世界赛。路那么长，担心什么？”

迟俞显然不打算继续谈了，站直身体，拍了拍李立骞的肩膀。

他勾着嘴角说：“队长，我发现你自从当了父亲之后，这站在世界中心呼唤爱的本事是逐年增长，继续保持。”

李立骞踹他：“说认真的！能不能好好说话？”

“别管了，反正赛场上见吧，你知道的，真要有我忍不了的事，我也不会留情。”他说完就钩着外套，闲闲地走了。

李立骞扶额，在背后喊：“雷鱼，你别给我惹事！听见没有？”

挥着手的某位，站在门口的时候毫不留情地拉开大门，面无表情地看着眼前比自己低了不止一个头的某位小经理。

“听够了？”他垂眸问她。

随楠也不在乎他是怎么发现自己在这里的，抱着猫跟在迟俞的身边一边往屋子里面走，一边在后面问他：“队里没赞助了？”

“嗯，如你所见，我们目前只够勉强温饱，马上要喝西北风了。”

屋里的马涛立马从沙发上坐起来，惊讶：“谁要喝西北风，我们吗？”

随楠的表情都有些麻木。

随楠拍开了马涛想拿巧克力喂西西的手，听见迟俞说：“涛爷，你再让我见你给我女儿喂这种东西，我就告你谋杀。”

马涛也不是真的想喂，就是逗它而已，嘴上却道：“不懂享受。”

旁边拿着手机想买个限量版头盔的汤益阳也从手机界面抬起头，对着随楠说：“喝西北风不至于吧？我记得去年就迟哥一个人身上的代言费已超过八位数了。”

随楠：“……”是我浅薄了。

她拿眼觑旁边的迟俞。

迟俞伸手揉乱了她的头发，然后才说：“这种事你就不用操心了，饿不着你。”

“……”

今年的CRRC的第一场是上海站。

正式比赛为4月27日到29日，最高设计时速达到330公里。

第一天基本就是车手报到，车辆检查，自由练习。第二天也是练习和排位赛，第三天才是正式比赛和颁奖仪式。

出发那天，全队一起去机场，像YNG的车手如雷鱼，任何比赛都习惯自带车辆和装备的，麻烦不说，运费这些算下来就是一大笔，李立骞说他毛病多。

但架不住迟俞有钱。

机场候机厅里，汤益阳坐在随楠边上，听见李立骞数落迟俞，偷笑着和随楠说：“所有人都知道，迟哥车后不留座，拿赛车当女朋友的。”

“说我什么坏话呢。”话刚落，汤益阳的脑袋上就挨了一下。

他摸着脑袋委屈地看着不知道何时出现的人，喊：“迟哥，哪有说你坏话。”

“没有最好。”迟俞说。

他敲了敲汤益阳的肩膀示意他让开，坐到了那个位置上。

随楠转头看着他问：“干吗？”

“不干吗。”迟俞面无表情，“这个位置不能坐人还是怎么着？”

随楠：“横行霸道……”

第四章
/ 他的拥抱，很安心

飞机落地上海是 26 日下午四点，这边的天气不大好，天空灰茫茫的。原本为了耍帅只穿了一层衣服的马涛抖了抖，抱怨：“这天气比赛不会往后延吧？”

“不会。”看了天气的随楠随口应答，“明天大晴天，最高温度 32℃。”

汤益阳环顾四周，还不忘回说：“这座城市的天气果然和网上一样，跟京剧变脸似的。”

随楠的行李和这些个大包小包的车手不同，极简。

背上背的还是她刚到怀城时的那个陈旧的黑色背包。

迟俞走在后面，架着一副墨镜。

前面的随楠突然就觉得背包被人给拎了一下，回头望去，听见迟俞道：“这包怎么丑成这样？好不容易来趟上海，想要什么样的，迟哥买单。”

汤益阳在旁边兴奋：“迟哥威武！”

随楠想起第一天到 YNG，他陪自己去超市挑的那堆东西。

她把包扯回来：“不用，我的时尚你不懂。”

旁边的马涛扑哧一声直接笑了，不过他倒是认出随楠身上的那个背包，还是个外国牌子，实际上并不便宜。

随楠其实并不怎么缺钱，她对物欲的要求很低，以前各种比赛和兼职让自己也有了不小的存款。奶奶过世后，老房子也卖掉了。

就连现在，她虽然是暂代着周凯的职位，但是待遇俱乐部开给她的是一样的。

迟俞“啧”了声，也懒得逗她了。

他们一行人今天都穿着车队的队服，背后印着 YNG 字样的黑白色外套，走出通道口的时候就引来大片目光。

而且旁边还有人喊：“YNG 加油！”

一行人看过去，居然是个胖胖的男生。他提着行李箱，一看就是刚好在机场，并不是刻意来接机。

马涛冲着那边挥手，一边说：“没想到这没透露落地时间，居然还能遇到车迷粉丝。”说完捋了捋头发，问旁边的汤益阳，“怎么样怎么样，头发不乱吧？”

汤益阳永远是车队的小太阳，给面子：“涛爷你帅炸了。”

身边围过来的女生越来越多。

认识的不认识的，都拿着手机一阵拍。而且还不是光明正大，就偷偷拍那种，一种怕被偷拍的人抓包的感觉。

马涛戴着墨镜，身高腿长，但是看着一脸冷酷的迟俞嫉妒了两秒。

这人长得帅就是不一样。

有几个女生认出他们，围过来跟在旁边，看着迟俞激动道：“迟哥，来比赛吗？加油哇。”

迟俞摘下墨镜笑了下，点头：“谢谢。”

换来女生脸色爆红。

几个女孩子凑在一起，但都保持着一定距离，激动地讨论：

“天哪，第一次隔这么近。”

“要疯了，我居然没化妆，为什么偏偏今天遇上啊。”

“比赛的内场票我没抢到，好烦！”

随楠惊讶的是，这都不是他们暴露行程后刻意来接机的车迷粉丝，但看着这一会儿聚拢在周围的十几二十个车迷，也惊讶于YNG的知名度。

而且对前不久才在机场见过大场面的随楠来说，目前这些个车迷粉丝的克制行为已经称得上很可爱了。

出了机场直接去酒店。

酒店是随楠订的，虽然周凯之前说这群人都是些少爷，出门在外那要求待遇向来都是最好的。但自从上回听说赞助那边有点问题后，随楠权衡之后订下的酒店倒是没那么夸张。

但环境很好，在楼上就能看到江景，而且离比赛的地点也不远。

潘柏艺和YNG的行程对不上，他在比赛的第二天才会到达上海，所以酒店这边随楠就没有给他安排。

但随楠倒是没想到在上海的第一天就遇上熟人。

酒店的餐厅在四楼。

下午六点所有人放下行李后，除了迟俞说要先洗个澡之外，其余人全部到餐厅吃饭。

这边是自助，随楠拿着盘子在柜子上取东西，听见旁边有人打招呼。

随楠转头看了看，眼熟，但记不起来名字。

对方挥了挥手，龇着一口白牙："我……腾跃车队的，薛亦梁、梁哥？"

"啊，梁哥的队友。"随楠终于想起来了，之前在那场品牌赛上随楠见过他的，所以点点头说，“你好。”

“你们也订了这家酒店吗？”对方问，问完还四顾找了找其他人。

随楠：“嗯，我们都在十八层。”

“那巧了。”对方笑，“我们就在你们楼下。”

随楠刚巧看到了腾跃那伙人坐的方向，扫了一眼问旁边的人：“怎么没见到他？”

“你说梁哥啊？”对方说，“发烧呢。刚落地就烧起来了，队长让他在房间里休息。后天就是排位赛，也不知道他能不能行。”

随楠皱了皱眉。

她印象里的薛亦梁其实不太爱生病，但以前听老薛常说，他小时候身体其实不太好。一旦高烧，就会不停反复，往往退下去半夜又得烧起来。

随楠最后想了想，还是决定去看看。

迟俞洗完澡过来的时候，马涛等人已经进食过半。

他拖了个凳子在旁边坐下，看了旁边位置上还剩下不少东西的盘子，问：“她人跑哪儿去了？”

马涛和汤益阳对视一眼，神秘兮兮道：“听说小楠楠那青梅竹马病了，她本着车队和车队之间的和谐关爱，互助友好，去探望了。”

迟俞顿了顿，皱眉：“腾跃那个？”

“对啊。”马涛说，“上次比赛那纯属失误，我听说腾跃内部非常重视他，是真的把他当成徐天的接班人来培养的，实力不容小觑。”

迟俞抬眸，看着马涛：“你从哪儿听来的？”

“国内各大车队还有我涛爷不知道的事？”

迟俞踹了他一脚：“吃你的饭。”

迟俞拿出手机往身后的椅子上靠了靠，打开微信翻了翻通信录，找到徐天的微信。

迟俞：“听说你们也在这儿？”

后面附带的是一张定位地图。

两秒后，他手机振动。

徐天：“在啊，干什么？”

迟俞：“也没什么，听了点八卦，关于你打算退休的事儿。”

徐天：“你又不是第一天知道我手臂有毛病的事儿，特地给我发消息有意思？”

迟俞：“有啊，关爱残障老年人是每一个优秀的职业摩托车手应尽的责任。何况作为兄弟，我只是意外你们背靠的那企业这么快就放弃你，今年亚锦赛你不参加了？来 YNG 吧，兄弟给你最温暖的拥抱。”

徐天：“爬，少试图挑起我们队内纷争。”

迟俞：“居然这么快就被你识破了。那行吧，我只是对你们腾跃未来的接班人有那么点意见。”

徐天：“请问你是谁啊？”

迟俞：“别这么生分嘛。我只是提前打个招呼，YNG 的新任经理可是周胖子千求万求给弄回来的。挖墙脚的事儿事不过三哦，不然我都不知道你们腾跃还有没有机会参加下一个赛季呢。”

徐天：“你好好说话，别阴阳怪气的。”

迟俞那句“哪里没好好说话了”的后面，跟了个红得刺眼的叹号。

显然是被拉进了黑名单。

迟俞收了手机，感叹：“啧，这点气度。”

而此时的随楠，在腾跃那个热心队友的指路下，在十七楼找到了薛亦梁的房间。

她按了门铃，两分钟后，头发乱糟糟的薛亦梁才一脸病态地开了门。

见着门外的随楠，他呆滞了半分钟，才恍惚问：“楠楠，你怎么来了？”

随楠提了提手上的药，皱着眉说：“来看看你，好点没？”

“嗯，好多了。”薛亦梁让开位置，示意她进去。

随楠刚进去才发现房间没拉开窗帘，看起来光线昏暗。看得出腾跃比 YNG 要穷那么点，这是双人房，靠近窗边的那张床上被子凌乱，是刚刚薛亦梁躺过的地方。

“吃药了吗？”随楠问。

薛亦梁打开房间的灯，目光一直追随着随楠说：“没有。”

“那你把我带来的先吃一次，不行自己再去开。”

随楠说着去拿床头柜上的开水壶，发现里面一丁点水都没有。她表情都麻木了，自顾自去卫生间接了一壶，插上电。

开水壶的声音渐渐响起来，薛亦梁靠在卫生间出口的那张桌子上，看着随楠说：“楠楠，我很高兴你来看我。”

“我当然会来看你。”随楠直起身，白了他一眼，“如果这个世界上没了你，老薛百年归故土后我得负责安葬，这样的关系，我能不来看你？”

薛亦梁冲她笑了下。

随楠皱眉：“你笑什么？”

“笑我有时候竟然也在想，你要真是我亲妹妹反倒好了。”

“你完全可以这样以为。”随楠这次很认真地看着薛亦梁，“我知道，你觉得自己欠我的，但是真没有。梁哥，好好比赛吧，为你自己。”

薛亦梁也认真地看着她说：“这次我会好好比赛。”

但他终究是没有正面回应刚刚的那个问题。

随楠回到十八楼的时候是半个小时后了。

走廊里的灯光是昏黄色，脚下的复古色地毯艳丽绵软。

随楠站在门口找自己的房卡，翻了半天发现竟然不见了。她把下午在酒店所有去过的地方回忆了一遍，结果愣是没有想起来自己在哪儿给弄丢的。

她正想下楼找前台补一张的时候，旁边的门咔嗒一声开了。

迟俞穿着一身棉质灰色家居服，脚上是酒店的一次性拖鞋，露出精瘦的脚踝。

随楠往上看，看到了迟俞手上夹着的那张熟悉的房卡。

他抱着手问她：“找这个？”

“嗯。”随楠点头，走到迟俞边上说，“谢谢迟哥。”说完就伸手去拿。

迟俞下一秒就将手举高。

随楠：“……”

迟俞举着手垂眸看她：“人不大，心眼倒是挺大的，房卡随随便便就扔在餐厅，怎么没见你把自己给弄丢了。”

人在屋檐下，屈服了。

随楠：“迟哥我错了。”

“错哪儿了？”

“哪儿哪儿都错了。”

女生仰着头显得鼻尖圆润挺翘，最开始动不动就跟他互呛炮蹶子，此刻看起来竟有两分乖巧安静，个子小小的，就贴在他胸前。

迟俞走神了两秒，回神后不动声色地用房卡敲了敲女生的头，然后还给她。

随楠拿到了自己的卡，给了他一个笑脸。

随楠：“感谢迟哥。”

“还算有点良心。”迟俞站在门口，看着她说，“但是——”

随楠抬头：“嗯？”

“别以为你终于学会狗腿了，临近比赛前，作为车队经理却跑到其他车队私下联络车手的事情就这么算了。”

随楠：“我可以解释。”

迟俞挑挑眉，一副“我等着你开始表演”的样子。

下一秒，随楠转身，用最快的速度走到自己房门前，刷卡，开门，关门，一气呵成。

“咚”的关门声传来后，迟俞在门口站了五秒钟，最后看着旁边的房门，对这过于幼稚的行为和反应嗤了声。

第二天，天气果然晴了起来，到了大中午更是热得不行。

一行人除了必要的流程去走了一圈，基本窝在酒店里不肯出门。

YNG 在酒店里面开例行赛前短会。

周凯打着越洋视频电话的声音在整个房间里面回荡。

他那边是晚上，摄像头正对着他的脸。迟俞窝在小圆沙发上面损他说：“周胖子，你这段时间在国外过得挺滋润的啊，电脑屏都快装不下你的脸和双层下巴了。”

“我这是焦虑发胖，你懂个屁！”

周凯没好气地坐在床上，身上穿着一套深蓝色的格子睡衣，转头说：“我不管啊，反正，我话已经放出去了，说 YNG 今年一定能在亚锦赛上夺冠，冲出亚洲，走向世界！你们都不知道国外这些车队是有多目中无人，欺负我大中国没有人才！”

马涛接过话：“你这么到处跟人嘚啵嘚不好吧，我们目前这还只是全国赛，要是后面成绩上不来，脸岂不是丢大了？”

周凯：“所以让你们努力啊。”

周凯说完就呼唤坐在后边的随楠：“小楠楠！”

随楠看向电脑屏。

周凯：“骞哥那人太老实，根本镇不住这群妖魔鬼怪，听凯哥的，作为YNG新生代经理的新希望，拿出你的魄力来好吗？”

迟俞手上的笔盖下一秒飞向电脑。

隔着屏幕的周凯还是被他吓得使劲儿往后仰了一下。

迟俞：“闭嘴吧，教坏小朋友是要遭天谴的。”

周凯：“我要是遭天谴，雷鱼你起码被雷给劈死八百回了。”

会议还在继续，随楠手机响了声。

她拿出来，是薛亦梁的消息。

他给她发了一张自拍图片，笑着坐在摩托车上，伸手对着镜头比了个耶。

薛亦梁：“我好了，你的药很管用。”

迟俞那个位置侧头就能扫到随楠的屏幕。

看到了照片，他不咸不淡地评价了一句：“笑得跟个二傻子似的。”

随楠翻了个白眼，看过去：“就你帅！”

迟俞被怼了也没什么反应，他只是转着手上的笔，意味不明地冷笑两声。

他们会议结束的时候是下午六点半，烈阳终于减弱了，从酒店眺望窗外的江岸，落日余晖尽收眼底。

随楠给这群人推荐了一些附近的吃的，都是网上查来的信息，是留在酒店吃还是出去觅食，全看他们自己决定。

随楠反正决定出去。

她看中了酒店五百米外的一家肠粉店，听说特别出名，很多人来这边都慕名前往。

迟俞一边看着手机里的比赛视频，一边说："这种网红打卡地有什么好去的？味道还不如一些街边小摊。"

"又没让你吃。"随楠说。

随楠其实并不是个吃货，对吃什么也没那么多讲究，不过这是她第一次来，也就借此打算出去走走而已。

刚好汤益阳和涛爷有兴趣，说要和她一起去。

结果刚刚还说没什么兴趣的迟俞开口道："给我带一份。"

随楠正拎着包，回头："你刚不是说不好吃？"

"不好吃和能不能吃那是一回事？"迟俞从视频界面抬起头，看了随楠一眼，"少放点辣，这天气上火。"

随楠：“行……少爷，给您带。”

出了门，汤益阳说：“迟哥估计忙着分析比赛吧，每次到了赛前，不管之前成绩如何，他都会进入这种疯狂看比赛视频的模式。”

“别给他找借口了。”涛爷翻了个白眼，“他分明就是单纯嫌热，不想出门。”

随楠面无表情地接了句：“涛爷说得对。”

他们去的那家店到了这个时间人是最多的，排队排了很久。

本着车队经理的职业道德，随楠提醒之前刚在肠胃上吃了亏的汤益阳不能吃得太重口，队内小可爱果然是最听话的，乖乖照做了。

吃过东西，涛爷他们要再逛一圈。

随楠没什么事，加上给迟俞带了东西，就一个人回去了。

她在酒店门口撞见了一辆很眼熟的保姆车。

不是他们自己车队那辆，是潘柏艺经纪公司专门给他配的那辆。

他到了。

随楠见着酒店门口多了两个保安模样的彪形大汉，而外边的花坛边还站了好几十个粉丝模样的小女生，估计都是知道他行程，偷偷跟来的粉丝。

不过对比那次在机场，这点人已经非常非常少了。

其中有个妹子之前在机场那次见过随楠，突然把她拦下来，问她：“你好，你是哥哥身边的工作人员吧？”

随楠还没来得及说话，对方又看到她手上的东西说：“是给哥哥买的吃的吗？”

旁边也有本地粉丝道：“看这包装是那家网红肠粉店的吧？”

这话一出，就让有的粉丝不大高兴了，立马道：“姐姐，我是全国粉丝后援会的管理者之一，之前见你时间不多，应该是新来的小助理吧？哥哥前两天通宵录节目，就吃这个不好吧？”

随楠提了提手上的袋子，看着手上的东西，然后转头又看着那女生说：“想多了，不是给你家哥哥吃的。”

妹子：“……”

随楠又突然问了句：“你多大？”

对方蒙了半天，不明所以小声应了句：“大二。”

“哦。”随楠说，“比我大，姐姐就别叫了吧。”

随楠实在是太有性格了，都转头进了酒店门口，后面才传来诸如“这人怎么这样啊”“就算是进了哥哥工作室也不能这么目中无人吧”等声音。

随楠隐约听见了两句，就是没怎么放心上。

随楠不喜欢潘柏艺，对他这些小粉丝除了有点同情外也没多大意见。

只是作为一个普通人莫名其妙被人拦下来，还给了你一堆牛头不对马嘴的自以为很好很优秀的提醒和建议，估计谁都很难笑脸相迎。

随楠刚到电梯那儿，原本正要闭合的电梯门又突然被一只手扒开。

随楠看着站在里面的潘柏艺带着经纪人和两个助理站在里面。

潘柏艺穿一件短夹克，站在里面笑看着随楠问：“不进来？”

随楠顿了顿，进去了。

她问潘柏艺的经纪人说：“你们也订了这边？”

“对。”经纪团队虽然看不上随楠这么个临时经理，之前在比赛安排上也有过分歧，但总的来说，这个圈子里的人表面功夫向来做得不错。

经纪人说：“本来都打算订另外一家酒店了，结果潘自己嫌早上出门太远，加上车队大部分都在这边，所以就换了。”

随楠点点头没有发表意见，她站在最前边。

身边就是潘柏艺本人。

这人个子很高，向来看人也带着那么点居高临下的高傲感，稍微有些浓郁的香水味从他身上飘出来，随楠不自觉往旁边站了站。

她突然想起了迟俞身上的味道。

没什么乱七八糟的气息，只是偶尔有淡淡的沐浴露或者带了点冷感的剃须水的味道。

很好闻。

手上的袋子突然被人提起来，潘柏艺一脸很感兴趣的样子，打开袋子看了两眼，抬眸问她说：“吃的？”

今天也是见鬼，这些人都对她手里吃的感兴趣。

随楠“嗯”了声，伸手去拿。

潘柏艺躲开说：“我正好饿了，不介意先送我吃吧？等下让我助理重新赔一份给你。”

随楠执意伸手把袋子拿回来，抱在手里，没什么表情，淡漠道：“不好意思哦，这是给队员带的。”

顶顶偶像大明星找一个小工作人员拿吃的被拒绝，旁边的人全部看过来。

而潘柏艺挺新鲜地笑了两声。

随楠不动声色地皱了皱眉，她对潘柏艺这个人的印象其实除了情绪不怎么好之外并没有多少了解，不过网络上关于他的绯闻很多。

真真假假难以辨认。

随楠之前就觉得这人好像有意无意间对自己的态度和车队其他人不太一样，通过一些很微不足道的事情，或者一两句话就能看出来。

随楠不喜欢这样的感觉。

不过，现在的随楠脾气好多了，尤其是这段时间，她要接触的工作和事情比以往繁杂。

她已不是那个在小县城里随心所欲的机车少女了。

对面的潘柏艺还准备想说什么的时候，电梯在十八楼打开。

随楠看着电梯门口正拿着车钥匙，手插着裤兜，正准备出去的雷鱼，默默喊了声："迟哥。"

迟俞"嗯"了声，眼神看向她背后的潘柏艺。

随楠想起来潘柏艺虽然签了俱乐部，但私下里，这应该还是两人第一次见面。

随楠说："迟哥，这潘柏艺。"然后又转头看着潘柏艺，

“迟俞。”

“我知道。”潘柏艺看着迟俞勾了勾嘴角，“雷鱼，如雷贯耳。”

“你好。”迟俞很随意地打了声招呼。

突然，他伸出一只手扒在了缓缓闭合的电梯门上，皱眉看着随楠说：“发什么愣，不出来等着被门夹？”

随楠“哦”了声，这才快速踏出了电梯。

电梯门在身后关上，潘柏艺一群人订的房间还在上边。在最后一秒钟，潘柏艺冲随楠笑着挥了挥手。

随楠站在走廊里并没有回应，过了两秒，转头看着身边的人问：“你要出去啊？”

迟俞低头瞥了她一眼——女生双手抱着包装袋子，睁着一双干净的眼睛看着自己。他偏移了一下视线，说：“嗯，你们半天不见回来，正准备出去吃。”

随楠把手里的袋子递给他：“喏。”顺带说，“好好珍惜啊，我可是冒着被那个潘柏艺粉丝阻拦，外加他本人想夺食的风险给你带回来的。”

迟俞掀了掀眉毛，伸手接过。

他并没有多说什么，只是往后看了一眼，不动声色地皱了皱眉，然后拎着袋子和钥匙往回走。

随楠跟在他后边："你都不说谢谢的吗？"

"出去时间太久，外卖还冷了。"迟俞回头，"你想扣工资还是要谢谢？"

狗男人！

不过随楠之后才想起来，自己的工资又不是他发的。

第二天，正式开始比赛。

上午的排位赛还好，温度不是特别高，临近下午一点左右赛道的地表温度直逼四十几摄氏度，随楠当起了后勤，各种繁杂事务让她忙得满场来回转。

只是今天的现场和以往有些不太一样。

观赛区的人数几乎达到了以往的两倍，全是来看潘柏艺的。

偶像明星初涉摩托车行业就被职业车队 YNG 签下，这场比赛将会成为他丰富履历上的又一个新记录。现场气氛热情高涨，协会方面的负责人笑得嘴都快合不拢了，开场词上就说什么这将成为一种现象级场面，带动了摩托车行业的整个发展，让更多的人关注到了职业摩托车这项运动。

粉丝激动了，微博、贴吧、论坛一通吹。

在现场的随楠对网络上的情况并不清楚，只是在正式上场的前十分钟，潘柏艺的助理找到她，通知说比赛结束后想邀请车队其他车手一起拍一组宣传照，希望她能从中安排一下。

车队的宣传海报之后有特定的计划，新的赛车服还在赶制中，定的时间也是在回怀城后的第三天。车手都是自由个体，随楠没办法协调这种事情，至于车手愿不愿意牺牲个人时间配合潘柏艺的宣传不关她的事情。

所以随楠拒绝了。

当时正在 YNG 自己的休息区。

对方商量未果，转身出去。

潘柏艺已经下场，现场的加油声震耳欲聋。

马涛他们坐在后边，见人走了，笑着冲随楠竖了个大拇指。

随楠翻了个白眼说：“我就是专程给你们挡枪的。这事儿对方团队肯定会再记上一笔，YNG 的暂代经理很难搞，不好相处且甩大牌，我已经猜到了。”

虽然她本来也不是很在乎。

马涛安慰她：“这算什么，周胖子的名声在整个摩托车职业圈臭名昭著，你这都小儿科。”

随楠手上拿着流程安排表一边看，一边低头往回走，对某“前任经理”因为不在现场一再被车手黑的经历深表同情。她走近了，余光看见了还在马涛旁边坐着的迟俞，又看了看流程表上的时间，震惊地抬头：“你怎么还在这儿？”

马上就到他上场了。

迟俞穿着一身赛车服，岔开腿坐在休息长凳上。

他掀着眼皮对上她震惊的视线。

“慌什么。”他说着还拧开手上的矿泉水瓶喝了一口，站起来，拧紧了盖子扔进随楠的怀里，丢下一句，“等会儿来观赛区。”然后才抱着头盔走了。

随楠有点蒙，在背后问：“去干什么？”

随楠还以为有什么临场情况。

结果迟俞都出了休息棚了，戴头盔的动作一滞，回头挑眉：“今天预留的观赛区位置不错，给你个机会近距离欣赏欣赏你迟哥的实力。”

随楠嘴角都僵了。

背后李立骞看不过去，抓起旁边的一饮料罐扔出去说：“快点去！一天天尽不要脸。”

迟俞耸耸肩，迈着一双大长腿走了。

雷鱼的实力随楠是清楚的，拿了第一也不会有什么新鲜感。

最后她还是跟在后面去了。

随楠到达观赛区的时候，刚好潘柏艺那边下场。

很意外的，虽然训练时间不长，都是新人组，居然也没出现什么大状况，拿了第四。

不过后面还有队赛，取车队两名以上车手最好的成绩相加总和，有迟俞和马涛他们在，这个成绩基本上是稳了的。

潘柏艺那边的宣传上网一波造势，热度不会少。

被嘲肯定是有的，但不会有多大影响了。

随楠所在的这个位置如迟俞所说视野很好，靠近赛道。

不过，随楠差点没被旁边一众激动的女粉丝给挤死，这一片都是组织起来的潘柏艺的粉丝团，没有几个真正的车迷，很多妹子手上拎着应援东西，因为天气太热，有的还打着伞。

随楠刚站了不到两分钟，就能感觉到汗沿着后背滑落。

要疯了。

她再次被一个女生撞到栏杆上的时候，正蹙着眉看向赛道的方向。

迟俞那边已经在准备。

她几乎是一眼就看见了迟俞，不单单是因为他背后的车手编号和赛车服，即使所有车手都戴着头盔，但迟俞的身形还是太显眼了。

连旁边潘柏艺的粉丝都有人注意到，跟人讨论说：“快看快看，那个车手的腿好长。”

“对哦，穿着专业的赛车服都能看得出身材不错。”

也有粉丝因为潘柏艺进了 YNG，而对整个车队做过了解，听闻后没好气道：“拜托，你们看看他后背的编号，那可是雷鱼，YNG 的王牌车手加门脸。”

“雷鱼？”

“孤陋寡闻了吧。说实话啊，我一直觉得他长得不比哥哥差，气质太好了。”

这讨论愈加热烈，粉丝大型爬墙现场，随楠听得挺想笑。

潘柏艺那边已经开始撤了，在哨声响之前，粉丝大部队终于开往旁边跑了，随楠这才得以喘息。

哨声响，场上比赛正式开始。

迟俞他们这种组别的比赛和潘柏艺他们那种的感受是完全不同的，每一次压弯、赶超，都更惊险刺激，从开始的那一秒钟，人的肾上腺素就会跟着比赛的推进不断飙升。

随楠紧盯着迟俞的影子。

他太快了，上了场的雷鱼一向是心无旁骛的，足够耀眼。

随楠也不清楚是不是自己的错觉，迟俞从她所在的观赛区前的赛道上快速飙过的时候，似乎有一个侧头的动作。

对准的位置就是随楠所在的看台。

她因为这个动作，心跳漏了一秒钟。

周围的浪潮仿佛都退去，只留下赛道上那个闪闪发光的身影。

比赛结果几乎是没有悬念的，国内这两年的赛道上 YNG 包揽了各项大奖，一些小的车队几乎是被 YNG、腾跃等车队压着打，就算有特别突出的新人，也几乎都被顶层的车队高价签走了。

这种稳固的状态已经有两三年的时间未被打破。

寻求更高的突破是国内顶级车队这两年一直在做的事情。

随楠也是进了 YNG 之后才对这些有了更深的认知和了解的，比赛一结束，李立骞和马涛等人就朝着迟俞扑上去。

所有人围在一起，互相拥抱。

迟俞站在中间，赛车服脱到腰间，里边只穿着一件黑 T 恤，露出汗湿的头发和劲瘦的上身。

随楠适时递过去毛巾和水。

这家伙仰着脸直接将半瓶水淋在头发上，一甩头，水珠到处飞。

被甩了一脸的随楠躲了一下。

迟俞扯过她手里的毛巾在脖子上擦了两下，眼睛从她在太阳底下被晒得微红的脸，一路扫到了腰间，然后目光一滞。

她今天穿得很宽松，白 T 恤加牛仔裤。

刚刚太热的时候她就把T恤的下摆在牛仔裤的边缘打了个结，因为动作的原因衣服又往上缩了一小截，露出一截细白的腰。

周围喧嚣热闹，不断有人走近又有人离开。

迟俞长腿一跨从赛车上下来，走到随楠跟前，看着她的脸问："没擦防晒？"

随楠伸出手摸了摸自己发烫的脸，然后摇头。

她很白，在太阳底下晒半个小时就会变成这样，但是也不太容易晒黑，所以很少用那些东西。

他站得有点近了，随楠刚往后仰了仰，就发现他伸手把她的衣服解开，然后拉下来。

随楠僵硬站着："……"

迟俞："身材比不过就遮严点，也没什么好秀的。"

随楠看了看周围不少穿着比基尼的车展模特走过，一脸黑线，把衣服扯回来。

如果不是打不过，她早就动手了。

上海站的个人赛和队赛，包括品牌个人赛，YNG的成绩一直名列前茅。当天晚上例行的庆功宴，因为有投资方和领导在，所有人都参加了，包括潘柏艺。据说为了这个庆功宴他还特地推了个行程。

按他那脾气，随楠还以为他是被经纪团队给逼的，毕竟这也算私下应酬，结果他全程和领导喝得非常开心，一看就是酒桌上的老手，哄得领导喜笑颜开。

领导后来还拍着潘柏艺的肩膀说：“小潘，前途无量啊。”

“您过奖。”潘柏艺说。

YNG 目前最大的赞助商就是“蓝升”，他们是做科技品牌的，这两年旗下的不少代言都在 YNG 上面，仅仅是迟俞的个人代言都有不下三个。

随楠不是瞎子，潘柏艺动了心思。

他是明星，不愁热度，影响力也广，一晚上这么费尽心力自然有目的。

生意人都擅长打太极，全程没有一口承诺下来什么，嘴上的意思就是要再观望观望。但是话也没说死，反而到后来玩笑一般道：“这年轻人就是要多历练历练，你既然对这行感兴趣，机会有大把。不过你可千万不能跟着你们队长学。”

这话突然指向迟俞。

潘柏艺脸上的表情淡了两分。

反观迟俞，全程话没两句，酒也没怎么喝。

被别人提到了，他抬头笑着说：“纪老板，我说你这提点后辈提点一晚上够了吧，装什么行家呢。”

“你小子！”叫老纪的中年男人没生气，反而笑着说，“你少仗着老唐没在就没大没小的，我说你说错了？整天不着调。”

迟俞端了杯酒和对方碰了一下，笑道：“您教训的是。”

一晚上都自觉当着透明人的随楠也不太了解这形势，之前本来就说 YNG 的赞助出了点问题，现在要是再出点幺蛾子，随楠就完全两眼抓瞎。她小声问旁边的汤益阳说：“这‘蓝升’的负责人认识唐天波教练？”

汤益阳也凑过来小声和她说：“岂止认识，老交情了。”

两个人的椅子挨着的。

汤益阳偏着头和她道：“你看清楚今晚这情况没？潘柏艺想拿到有关‘蓝升’代言的心昭然若揭，但是我觉得够呛。”

“为什么？”随楠问。

“你也不想想迟哥的能力，他的前景和品牌形象显然比潘柏艺更符合，是个明星又怎么样呢？再说，这‘蓝升’和迟哥爸妈的生意上有合作。就凭这一点，这潘柏艺啊，没戏。”

随楠这下有种恍然大悟的感觉。

她觉得自己最近从内到外都升华了不少，离开以前的小县城和单纯的人际网，真实触摸到了所谓的成人世界的规则。

很多事情并不是非黑即白的。

倘若今天的迟俞是一个毫无背景的职业车手，他不是唐天波带出来的，不是怀城二代圈里的公子哥，今晚很有可能就是另外一番景象了。

随楠看向迟俞，他又在低头看手机了。

他能在这种场合随心所欲，而潘柏艺看似众星捧月，实际上这高下已经是一目了然。

迟俞收到马成阳消息的时候，也注意到了旁边传过来的视线。

小经理一边拿着杯子喝饮料一边偷偷抬眼看着自己。

迟俞掀眉："看什么？"

被抓包的随楠当场回神，轻咳了声，把杯子放到桌子上，发出轻轻的声响，然后说："你眼花了，我看你后边呢。"

迟俞往身后看了一眼，当场失笑。

他后面就是一观赏性的鱼缸，里面什么鱼也没有，就两只王八。

随楠说完也发现了，无语望天。

迟俞也不打算揭穿她，继续看向手机。

马成阳这家伙万年不联系他，每回找他除了吃喝玩乐就是赛车，打电话问他："什么时候回怀城啊？"

迟俞："明天上午十点的回程机票。"

"得嘞，给你接风，哥们儿刚发现一巨好吃的烤肉店。"

迟俞当时就想起了刚遇上随楠的那天，回他："城中心那家？"

"你怎么知道？你背着老子先去了？"

迟俞好心提醒："孙子，你自己说的，这都过去多长时间了？你是小脑萎缩还是智商缺陷？"

马成阳跟迟俞打小的交情，也是被损惯了，不和他计较。

他继续和迟俞贫道："那你这么晚不养生还干吗呢？比赛完了不约美女共度良宵？"

"约屁。和几个赞助商吃饭。"

马成阳："说到这个我想起来了，你们 YNG 高层是不是签了潘柏艺？"

迟俞："嗯，认识？"

"怎么不认识。"说到这个，马成阳显然被戳到点了，"我们高中同班的那个叫岳晓乐的记得不？就家里做房地产那个，还追过你。"

迟俞对这些事向来记忆不深。

但所有少年时期的回忆似乎都和摩托车有关，那是追逐的目标，一心想要达到的终点。无关于任何少年心动和情愫。

只记得一个好像微胖的女生形象。

他说：“记得。”

马成阳：“就是她，人去年整容成功，变成了大美女！”

迟俞不耐烦了：“你到底想说什么？”

马成阳：“别急呀，就是这岳晓乐和潘柏艺交往过，两个月前刚分手。然后重点来了，听说这潘柏艺和她交往期间到处和人约，而且这人很暴戾，岳晓乐那垫的鼻子就是被他给打坏的，前不久刚做了二次手术。”

迟俞顿了顿，抬头往潘柏艺所在的那个位置扫了一眼。

马成阳还在继续：“有更劲爆的，想听吗？”

“你可以选择不说。”

“你这人还是这么讨厌，我好心提醒你。不过也算了，你们车队一年到头都是一群大老爷们儿凑在一起，吃亏也轮不上你们。”

迟俞：“说重点。”

马成阳这下挺奇怪，迟俞这人以前可不关心这种乱七八糟的事情。和他不相关的从来不过问，以前自己要是这么不依不饶和他八卦，估计他早关机不搭理自己了。

马成阳还是老实道：“就是……他那方面某些癖好挺特殊的，下手特别狠，心理多少有些问题，是他经纪公司消息控得严才一直没被爆出来……”

迟俞：“行，知道了。”

迟俞挂了电话，翻个面盖在了桌子上。

刚好饭桌上的庆功宴进行到了尾声。

有高层的人终于注意到了一直坐在角落没怎么说话的随楠，她虽然一直没说话，长相也不属于让人惊艳的类型，但是很耐看。

高层当起了老好人，问潘柏艺说：“随楠年轻，很多方面可能经验不足，你这段时间适应得如何？”

潘柏艺看着随楠笑道：“随经理很负责，大事小事都亏了她帮忙，这次才能这么心无旁骛地上赛道。”

他说着站起来，特意绕过两个位置坐到随楠的旁边，端着酒杯和她说：“随楠，敬你一杯。”

随楠没想到都到尾声了，也没逃脱要喝酒的命。

不过她那酒量也没把这区区一杯红酒看在眼里，就是潘柏艺贴近的动作让她不太舒服。

被一桌的人看着，随楠伸手从对方手里接过来，正待喝的时候耳边伸来另一只手。

迟俞：“她酒量不行，我这个队长来吧。”

随楠保持着坐的姿势，回头仰望着迟俞。他外套的衣角蹭到了随楠的脸，随楠伸手拂开的同时，迟俞已经端着酒杯一饮而尽。

自己酒量差吗？随楠心想。

他明明见她把马涛等人全部喝趴下过。

不过随楠并没有出声。

因为迟俞将酒杯磕在桌子上的时候，随楠在迟俞和潘柏艺对视的眼神里，察觉到了某种不同寻常的气息。

队长很不喜欢潘柏艺，随楠得出了这个结论。

下一秒，迟俞拿上外套拍了拍随楠的肩膀：“走了，今晚就你没喝酒，去开车。”

随楠面无表情。

哦，原来在这儿等着她。

回到酒店的时候已经是晚上十一点半左右了。

随楠是刚在酒店房间洗完澡，收到潘柏艺的消息。

这人之前在怀城那段时间加了随楠的微信，一般除了必要的工作内容沟通，从来没有过其他的任何聊天信息。

他说他明天有另外的行程安排，早上八点就得飞B市，但是关于车队的事情还有些问题不清楚，想和她沟通一下。

下面跟的就是他酒店房间的门牌号。

随楠觉得怪怪的，毕竟一晚上也没听见潘柏艺说有什么问题，临到头反而有了。而且之前所有的关于比赛的事情随楠都是和对方助理沟通的，很少越过助理直接和他本人对接。

不过她也没多想。

这人的微信头像就是一张自己戴着鸭舌帽盖住半边脸，背景像是酒吧夜店一类的地方。随楠只是拿着手机回了句："有点晚了，能直接微信问吗？"

那边回很快，说："上来吧，手机上一时半会儿说不清楚。"

随楠很无语，但没办法，回了声好，然后爬起来找衣服。

随楠套了件简单的 T 恤，头发来不及吹干，就用毛巾随意擦了两下，然后拿上手机和外套出去了。

潘柏艺他们订的房间在三十二楼。

随楠找准房间号就敲了敲门，门很快应声而开，是潘柏艺的女助理。

随楠点点头打招呼。

对方看着随楠尴尬地笑了笑说："不好意思，这么晚还把你叫上来，主要是柏哥还有几个关于后面赛程的问题没有弄清楚，我也不是特别了解，所以只好叫你上来了。"

"没事。"随楠说。

女助理打开门，示意随楠进去。

工作室给潘柏艺订的房间是豪华大床房，其实和 YNG 其他队员住的也差不了多少，就多了个小型会客厅的样子。

随楠进去的时候，潘柏艺就靠坐在沙发上。

他穿着白色浴袍，腰带松松垮垮地系着，一条脚搭在另一条腿的膝盖上，面前的茶几上还放了半杯红酒。

见着随楠的时候，他肆意打量了她几眼，笑着指了指对面：“坐。”

随楠把带来的计划表放在茶几上，到潘柏艺对面的沙发上坐下，她的眼神完全避开这人放浪的形象和肆无忌惮的眼神。

随楠其实进来后就后悔了。

这人眼神太赤裸，她似乎低估了潘柏艺这个人的动机和目的。

潘柏艺拿着红酒倒了一杯推到随楠的面前说：“喝一杯？刚刚在饭点想敬你都没喝成。”

“我不喝酒。”随楠说。

潘柏艺挑挑眉，突然转头和女助理说：“你要没什么事就先回去吧，明天准点来叫我起床。”

女助理当场看随楠的眼神就更尴尬了，但她似乎并不是第一次应对这样的情况，只好说：“那柏哥你们慢慢谈，我就先回去了。”

女助理说完很快出去，顺便把门给带上。

随楠其实从头到尾并没有过多的反应，她坐在沙发上，从交叠的腿和放在膝盖上的手能看出这个环境并不能让她放松。

这种戒备随楠并不遮掩，而潘柏艺也完全不介意，他先转了话题，抬头看着随楠还很湿润的头发说：“卫生间有吹风机，你要不要先把头发弄干？”

随楠随手抓了抓短发：“不用，我头发适合自然干。”

这个环境似乎让潘柏艺格外放松，他也不强求，自顾自端起酒杯一口将杯里的酒全数喝尽。

按随楠观察到的他晚上在饭局喝的量和他的状态判断，这个人目前起码已经醉了有五分了。

潘柏艺一副闲聊的姿态，问随楠说：“你好像和你们 YNG 的雷鱼关系不错？”

随楠不知道他为什么突然提起迟俞，只是说：“YNG 内部关系一直很和谐。”

这人喝酒上脸。

这个点刚好酒劲上来了，从脖子到胸膛一片全是红的，看向随楠的目光都非常直接。这让随楠有种被冒犯的感觉，所以脸色越发冷淡。

她做好随时站起来走人的准备。

结果随楠还没动作，潘柏艺看着随楠，突然说：“跟我怎么样？”

随楠有那么一瞬间怀疑自己是不是听错了。

她问：“跟你做什么？”

潘柏艺露出了那么点意味不明的表情，他坐正了，举手说：“好吧，那我换个说法，做我女朋友怎么样？”

随楠：“你有毛病？”

她是真实地觉得这个人有病，一个外表光鲜亮丽背地里骂自己粉丝神经病，甚至会问一个总共见面时间加起来连十几个小时都没有的人要不要做自己女朋友的神经病。

潘柏艺掀着眼皮看了她几秒钟，然后突然嗤笑两声，说：“刚刚让你上来你就上来，这时候跟我装，没意思吧？”

随楠这下明白了，这人之前问得太直接和突然，她脑子一时没有转过来。

周凯这段时间为了远程教她怎么应付一些公关情况，给她发了不少乱七八糟的资料，除了相关比赛和车队过往历史，最多的，其实是一些八卦。

某些混乱现象其实不单单是娱乐圈才有，电竞、直播，甚至是任何职场都有。

随楠在潘柏艺明确表达了自己意图后，反而淡定下来。

“为什么找我？”随楠最先疑惑这个。

潘柏艺的眼神从随楠脸一直滑到腿，他笑着说：“我这人有个习惯，答应做了的事情就一定会做到底，但在车队站稳脚跟势必需要有自己人，你虽然暂代，但毕竟是经理，身份很合适。当然，重点是，你长得不错，很符合我的审美。”

随楠坐在这个位置上，有那么一秒钟不知道自己为什么会坐在这儿，听这么一个喝了酒的醉鬼在这里絮絮叨叨。

随楠看着这让万千少女为之疯狂的偶像，说：“潘柏艺，你这人渣得还挺明明白白的。”

他打着找女朋友的名头，还可以利用对方身份达到自己目的，想得挺清楚。

潘柏艺：“成年男女，有些事大家反正心照不宣。”

随楠觉得这场面太荒唐了。

荒唐到她甚至忍不住想笑。

随楠说：“那只是你。”

她看着潘柏艺道：“首先，我答应上来纯粹是因为我敬业，可不是答应和你约。其次，YNG 内部从来不搞斗争那套，人品和能力最关键，你想要长久那就只有好好练习和比赛这一条途径。最后，你的长相真的不是我喜欢的类型，我谢谢你。职业摩托车的圈子美女并不少，乱不乱我不清楚，但这里不是你找人组建临时夫妻的剧组，不是你跑通告随便到任何酒店就能约到女孩儿的地方，我只知道以后的比赛你要是成绩太烂，拖了车队后腿，我就会给上面反映你并不适合 YNG。”

随楠不打算跟这人客气。

她能这么心平气和地跟这人说这么多废话，纯粹是因为她还有点理智。

潘柏艺脸上那点笑意收起来。

估计没被人这么怼过。

他又倒了一杯酒喝完，然后似笑非笑地看着随楠说：“你不答应，是因为那个雷鱼吧？”

不用随楠回答，他就自顾自道：“别否认，我也不信。雷鱼在职业摩托车行业的名头我还是听说过一些的，但是随楠，我能给你的好处可比他多多了。”

这人竟还如此锲而不舍。

随楠的眼睛映着玻璃杯里的波纹，看起来潋滟清亮，说出的话却是：“我现在把这杯酒泼你脸上，会让你清醒一点吗？”

随楠不再和这人废话，站起来说：“你要没什么比赛上的事情，我就先走了。”

她的耐心终于耗尽。

随楠刚弯腰将酒杯放到茶几上，潘柏艺就伸过手来抓住了她的手。

下一秒，随楠一杯酒直接泼到了潘柏艺脸上。

潘柏艺顶着满脸的红酒渍，看着随楠的眼色彻底变了。

临近十二点的时候，汤益阳去迟俞的房间找他借耳机。

汤益阳原本是车队的老幺，其余人向来都照顾他。

如今来了个更小的随楠，连汤益阳都不自觉把自己放到了哥哥这样的角色上。他听不见隔壁半点动静，就问正在随身包里翻耳机的迟俞说：“迟哥，随楠还没回来吗？”

“回来？她不是一直在房间？”迟俞皱着眉回头问。

汤益阳：“不啊，半个小时前我见她出门，她说潘柏艺有事找她，去对方房间了啊。”

迟俞手上动作一顿，脸色当场难看起来。

他站起身，将刚拿出的耳机扔进汤益阳的怀里，没好气地说：“知道不会早说？”

汤益阳被迟俞的脸色吓了一跳，问：“没什么事吧？”

“知不知道姓潘的房间号？”

迟俞一边快速穿上外套，一边拿过房卡。

汤益阳拎着那副非常昂贵的耳机跟在迟俞的屁股后边说：“具体得问前台，好像在三十二楼。”

迟俞一边拿着手机拨前台电话，一边跟汤益阳说：“去叫骞哥和马涛。”

汤益阳被迟俞这架势给吓住了，连忙说：“我……我马上去叫。”

三十二楼的那间房门被人从外面打开的时候，随楠正被潘柏艺压在沙发上。

随楠完全没想到潘柏艺真的敢动她。

她没料到一个男人喝醉了毫无理智可言，力气大得让她完全抵御不了。

随楠抓住这人要掀她衣服的手，脑子里一片乱麻。

她还没反应过来的时候，身上的压力陡然一松。

潘柏艺一米八几的个子，整个人被提起来一脚踹翻，倒地姿势狼狈，连带着茶几上各种东西丁零哐啷一阵响。

一件大衣兜头罩下来，将随楠整个人裹起来。

迟俞把人抱起来，看向潘柏艺的眼神沉得吓人，怀里的人睁着一双眼睛还没有反应过来的样子，脸色泛白。

场面说不出的混乱。

李立骞等人全来了，汤益阳跑在最后，在门口险些刹不住车，撞到了马涛的后背。所有人看清眼前这场景的时候还有什么不明白的，脸色全黑了。

潘柏艺从地上爬起来，一边手按着被迟俞刚刚一脚踹到的肚子，一边脸色阴沉地看了看房间里这些人，冷笑说：“我当是谁。”

他说着看向一旁的酒店工作人员，脸色不悦道：“你们酒店随便就能打开客人的房间，是想吃官司吗？”

酒店工作人员脸都吓白了。

迟俞站在最前边，侧头安抚对方说：“没事，你先出去。”

那工作人员看了看两边，最后默默退出去了。

站在最后边的马涛把门关紧，一副一切事情关起门来解决的架势。

潘柏艺看了一圈继续冷笑：“你们想干什么？”

“你刚刚在干什么？”迟俞反问。他的眼神很冷，这个时候丢了平日里懒散的模样。

随楠裹着外套被迟俞揽在身侧，能明显感觉他的怒火正在不断往上叠加。

随楠拽了拽迟俞的袖子，说：“迟哥……”

迟俞："你别说话。"

他将随楠推了一下，拉到身后，往潘柏艺面前走近了两步。

潘柏艺满身酒气，这个时候连站稳都成问题，他看着迟俞嗤笑："怎么，你们想以多欺少？你们搞清楚了，这是我的房间。"他指着随楠，"是她自己走上来的，临到头了装什么贞洁烈——"

迟俞一拳照着潘柏艺的下巴挥过去，砸得潘柏艺整个人往沙发上偏倒。

迟俞上前抓住潘柏艺的浴袍领，将他上半身提起来。

"雷鱼。"还是李立骞出了声，皱着眉说，"动静别闹得太大，酒店里住了不少媒体的人。"

潘柏艺嘴角泛着血丝，仰头冲着迟俞笑了两声，指着自己的脸说："来，往这儿打。"

迟俞松开手，他从茶几上抽了张纸擦了擦自己的手指，看着沙发上狼狈醉酒的潘柏艺，最后说："给你半个月，自己主动解约。"

他说完，将揉成一团的纸丢进旁边的垃圾桶，转身和其他人说："走吧。"

"站住！"

潘柏艺摇晃着从沙发上站起来，冲着一行人冷笑说："这事儿可不能就这么算了。解约？雷鱼，你以为你是谁啊？YNG 可不是你说了算，别说我今天还没把人怎么着，我就是真动了，你以为你能做什么？像刚才一样揍我一顿吗？”

迟俞站定，回头。

“你大可以试试。”他说。

出了潘柏艺的房间，一行人迟迟没开口说话。

最后，还是老大哥李立骞打破沉寂。

他先是担心地看了随楠一眼说：“有没有受伤？需不需要去医院？”

“骞哥，没事。”随楠说。

她这会儿从混乱的状态里缓过来了，其实后怕还是有点的，毕竟也是第一次遇见这样的事情。

她笑了笑，和这几个平常在赛道上威风凛凛、此刻却小心翼翼看着自己的男人说：“谢谢你们。”

“我们其实什么也没做。”几个人站在电梯口等电梯，汤益阳接了话，“是迟哥觉得不对才叫我去叫涛爷他们的。”

“对哦。”说到这个，马涛反应过来了，胳膊碰了碰旁边迟俞的肩膀问，“你是怎么察觉不对的？”

迟俞手上钩着钥匙，看了随楠一眼，然后说：“之前就听了点事。”

汤益阳小声说：“我今天真的算见识了，他之前看着还挺正常啊。”

“环境所致吧。”李立骞走在旁边，“圈子太复杂，干净不到哪儿去。”

马涛不服了，说：“哎，牲口就是牲口，关环境屁事！圈子可不背锅哦。”

马涛这人长期在网上冲浪，致力于跟人吵架，嘴巴又毒，网络流行什么他比十几岁的追星小女生还清楚。

电梯停在一楼，上来还需要点时间。

迟俞靠在电梯门旁边的墙上，突然冲着随楠勾了勾手：“你，过来。”

随楠不明所以，缓步挪过去。

迟俞垂头看她说：“我之前有没有提醒你离那个姓潘的远一点？”

随楠点头。

他提醒过，而且还不止一次。

“那你是把我的话当成耳边风了？”迟俞此刻的脸色一改平日里和她互呛的嘴贫样子，现下的他就是 YNG 的队长，是摩托车职业车手雷鱼。

他严肃地说："你哪怕稍微用点脑子想想，哪个正经男的会半夜十二点把女孩子叫到酒店房间，你心就那么大？你知道那姓潘的是个什么德行，今天我们要没来，出了事你上哪儿哭去？"

随楠捏着外套的边角，垂着头："我错了。"

这次是认真的。

迟俞显然是摸清了她的德行，每次被训认㞞挺快，堵得你接下来教训的话也说不出口。

李立骞说："行了，雷鱼，随楠本来就是受害者，你少说两句。"

刚好电梯到了。

迟俞看着随楠的脸，沉默两秒，换了语气，问她："吓到了？"

随楠抬头看着他，"啊"了一声。

随楠长这么大一直是天不怕地不怕的。那年因为薛亦梁被人打断腿她连眼泪都没掉，黑狗奉她为女侠，老薛也说她胆子太大不知深浅，这个性格容易吃亏。

随楠习惯了只身在外，她也无所畏惧。

但内心深处，偶尔也会有个轻浅的声音在说，她其实也并没那么强大。

刚来怀城时，迟俞陪她去超市，他说撒娇卖萌是女生特有的权利。

但是随楠并不会。

她从小到大就不会示弱，也学不会这一技能。

不过，当迟俞问出那句话的时候，随楠却诚实地轻轻“啊”了声，这个示弱，换来的是一个拥抱。

迟俞站直身，伸手将随楠圈进怀里。他很高大，几乎能将很瘦的随楠完完全全包裹进怀里。他什么都没说，但随楠依然感受到了这个怀抱的安抚意味。

这个时候的迟俞像个可靠的大人，揉了揉随楠的头发，将YNG的小经理护在他队长的羽翼下。

随楠第一次知道“安心”这两个字的意义，体会到YNG于她的不同。或者说，是抱着自己的这个人，给她的这份不同。

第五章
/ 有你迟哥在，别怕

雷鱼在这个圈子里这么些年，车手来来去去，水平低的他也见过不少，不是个不能容人的人。

但潘柏艺显然触及了他的底线。

回到怀城的第二天，潘柏艺的解约流程就提上了 YNG 的日程。

迟俞并没有让随楠再接触这一块。

她只是无意中听见周凯和迟俞打电话，就潘柏艺刚签约就闹解约这事儿，在电话里和迟俞哭诉，就差跪下叫迟俞祖宗。

随楠听见迟俞说：“这事儿没商量，我只是通知，高层那边我会解决，你国外的事情弄完了就早点滚回来。”

因为他过于笃定的样子，随楠第一次认识到这个人的出身和背景和她的确是两个世界。

周凯估计也快回来了，这意味着她暂代经理的生涯也快要结束。

时间比想象中过得要快，这段时间好像也没做成什么事情，随楠想。

YNG 接下来不仅要备战七月的宁波站的比赛，最重要的是备战 ARRC（摩托车亚洲公路锦标赛）的赛事，作为亚洲最高级别的赛事，今年第一站就在珠海。

这是时隔多年 ARRC 再次在国内举办赛事，而且作为首站，国内各大车队严阵以待，必须拿出最好的状态和成绩来。

从上海回到怀城的第三天，潘柏艺在赛事中取得好成绩的热度降下去不久，就有另外的匪夷所思的消息出现了。

潘柏艺地下恋情被曝光。

而事件的另外一位主角不是别人，正是随楠。

看见这个消息的时候，随楠感觉自己像是看见了个笑话。她的身份一开始还没有被扒出来，只是网上流传了两张照片，称她为神秘女子。

一张是赛场上她站在潘柏艺面前给他递水的照片，因为角度原因，看起来靠得很近。还有一张就是那天晚上，她进潘柏艺酒店房间的照片。

粉丝纷纷喊，实锤了！

随楠身份被扒，一开始有个潘柏艺的粉丝跳出来说她是潘柏艺工作室的工作人员，还说亲眼在机场和酒店门口见过她。

下面就是一通批判，说：“这女的特别目中无人，我们粉丝当时好心提醒，她却一副脸朝天的嚣张样子。当时我们还在想，一个助理为什么这么大牌，呵，原来是勾搭上了自己老板，可够不要脸的！”

后来又有路人澄清说：“别乱说，人家分明是YNG车队的工作人员，造谣一张嘴，辟谣跑断腿。”

“有区别？别忘了潘柏艺也签了YNG，现在我合理怀疑他签约的目的，极有可能是为了有更多的时间见女朋友吧。”

……

一时间，各路妖魔鬼怪全部出来了。

事情发酵的当天下午，随楠抱着西西从基地的楼上下去，刚好撞见汤益阳在拉窗帘。

“怎么了？”随楠问。

汤益阳说：“外面有狗仔，涛哥半小时前出门的时候还撞见了，让我把窗帘什么的都拉上。”

随楠站在楼梯间好一会儿没说话。

她伸手摸了摸西西背上柔软的毛发，问：“你们下午的训练呢？不出门了吗？”

汤益阳居然还挺兴奋道：“骞哥说今天放假。”

随楠沉默半天，这说到底完全是她自己和潘柏艺两个人闹出的事情，但是现如今对整个 YNG 造成了影响。

汤益阳看出随楠的担心，说：“随楠，你放心好了，这种捕风捉影的八卦一般过两天就不了了之了。”

正是下午两点，烈阳被层叠的乌云遮盖，大厅里窗帘被遮光线就更暗了。

随楠抱着西西去沙发那儿坐下，拿起遥控器打开电视机。

瓜皮、酒鬼和麻爷全部趴在沙发周围睡着午觉，电视里播放着时政新闻，随楠发着呆，一个字也没听进去。

突然，大门处传来开锁的声音。

拎着衣服的迟俞开门进来，扫了一眼大厅的情况，问窝在沙发里的随楠说：“坐这儿干什么？”

随楠有气无力：“思考人生。”

“就你还思考人生。”迟俞走过来一把从她怀里抢走了西西，抱着它，对还站在窗户旁边的汤益阳皱眉说，“打开，大白天的躲俱乐部装鬼？”

汤益阳“哦”了声，默默又打开了窗帘。

随楠转了个身，下巴磕在沙发的靠背上看着迟俞说：“迟哥，外面可有记者蹲着，西西要被曝光了。”

迟俞斜了她一眼，说：“西西这么美，你觉得它见不得人？”

“天地良心。”随楠举手，“我可没说。”

迟俞伸脚踢了踢沙发腿说：“别一副要死不活的样子，起来。”

随楠转回头，抽了个抱枕抱在怀里，喃喃道：“事关我多年清誉，你不懂。”

随楠和迟俞瞎扯了几句，刚刚那点愁绪很快就没了。

她不是车手，更不是什么公众人物，就普普通通放在人群里很快会被淹没的一素人。说到底，关了手机一切关她屁事，也不会对她造成任何影响。

反观潘柏艺，作为一个偶像，恋情瓜对他影响显然更大。

晚上吃饭的时候，最先吃完的马涛靠在椅子上，看了半天手机说：“这都一天了，这姓潘的怎么连个声明都没发，他在搞什么？”

“他不会发的。”迟俞说。

一桌子人全部朝他看过去，包括随楠。

迟俞看了一圈，放下筷子：“还没和你们说，潘柏艺解约的事板上钉钉了，就是时间问题，不过估计也快了。”

“这么快？”马涛惊讶。

迟俞“嗯”了声。

随楠不清楚迟俞到底是怎么和上边交涉的，但她可以笃定他绝对不会提及这件事和她有关。

迟俞说：“据我所了解到的情况，目前有关潘柏艺的爆料，很多来自他圈内的竞争对手。他这个时候不敢发声，怕被实锤。”

如果是这样就能说得通了。

一段捕风捉影的恋情，不回应过两天热度就下去了，但要是说太多，反而容易招惹话题，得不偿失。

马涛咳了声，看向迟俞：“别告诉我，你做的？”

“你觉得呢？”迟俞反问。

“你是不是傻。”李立骞一巴掌拍马涛后脑勺上，“真要是这小子干的，你觉得按他心狠手辣的架势，还能有潘柏艺和随楠这一出？”

“也是。”马涛说完话一转，突然问随楠，“你有微博吗？”

随楠摇头，她不用那个，很久以前好像也有个账号，是黑狗帮她注册的，不过密码早就忘记了，万年没有登过一回。

她现在倒是有一个，不过是车队的官方账号，密码虽然都知道，但日常运营基本专人在做，审核什么的也都是周凯远程搞定，她不负责这个。

“没事。”马涛说，“现在弄一个，上网爆料姓潘的。”

“算了吧。”随楠戳了戳碗里的饭，想想说，“手里没有实证，光口头澄清被粉丝打成蹭热度的营销号都有可能。二来他正和 YNG 解约，这时候闹事也不合适。”

随楠从小到大的习惯向来是睚眦必报，但现如今有多方顾虑，她知道把事情闹大没有任何好处。潘柏艺作为 YNG 最短时间的签约车手，这本身就是一件已经超出预料的事情了。

因为迟俞，潘柏艺才会被高层这么快放弃。

如果此时 YNG 内部人员因为私人原因牵扯进更复杂的事态当中，会让俱乐部这边处于被动的局面，得不偿失。

在随楠和马涛等人讨论的时候，对面的迟俞已经拿着手机弄了半天，他刚放下手机，马涛就一脸震惊地看着自己的手机界面，又看着对面的迟俞，半天说了一句：“迟哥牛！”

随楠一头雾水，其他人同样。

大家见迟俞一脸镇定，纷纷打开自己的手机。

YNG 每个签约车手都有自己的微博账号，迟俞也不例外，车队就数他人气高，平常随随便便一条广告都有上千的评论。

迟俞的账号上几乎没有日常信息，和粉丝互动非常少。

然而，这天晚上注定是不一样的。

YNG 车王雷鱼发了张照片。

YNG 车队所有人员的大合影，随楠站中间。

配字：车队私有。

不仅如此，YNG 官方账号还给转了一遍。周凯一个电话打过来，大吼："雷鱼，你自己流量比官方的高，能不能别祸祸老子的号，我要改密码！立刻、马上！"

官方显然也是迟俞自己转的，态度立场明确。

迟俞自己账号上那条消息刚发出去不到两分钟，评论上千。

前排还都是黄 V 大号。

FM－陶旭飞："哟，什么情况？官宣啊？"

腾跃－徐天："私有？"

KC－越覃："嗅到了那么一点点不同寻常的气息。"

……

还有很多网友闻讯赶来。

如今这互联网时代，消息传播的速度极快，马上就有人指出事情的关键。

还有人在下面科普起了小作文。

有条评论是迟俞的铁粉发的，说："虽然这看起来是个官方辟谣消息，但是看这扑面而来的占有欲气息，我有种自家房子塌了的不好的预感。”

下面一水儿的“姐妹握手”等回复。

不过也有的说：“你们难道就没发现其中的亮点吗？车队私有，潘柏艺也是签了 YNG 的，但是看看合照，里面可没有他哦。”

一时间猜测四起。

不少潘柏艺的粉丝涌进来，纷纷指责 YNG 排外，而车手雷鱼作为车队的王牌车手，看不惯自带热度和流量的潘柏艺，对他不满已久，借此机会恶意诋毁和挟私报复。

雷鱼的车迷粉丝不干了。

“哪儿来的野鸡到处跳，真以为你家正主是天仙，呕！麻烦骂人之前先睁开狗眼看看清楚好吗？雷鱼入行那年你家哥哥还在玩泥巴呢，随便拿出我家几个奖杯就能把你正主的脸砸烂。哦，还有，忘记说了，雷鱼真正的二代，不屑你家那点人气，咱不缺钱不缺名，你家脸还真挺大的。”

网上骂得一片乌烟瘴气，但是基本没了随楠什么事儿。

反而是迟俞和潘柏艺的关系一度成为热门话题。

很快，潘柏艺和 YNG 解约的官方正式声明就出来了。

YNG 单方面提出解约，虽未言明缘由，但声明写着责任方在潘柏艺，一时间俱乐部的官方平台下骂声一片。

甚至累及整个职业圈子，说他们是吸血鬼，利用艺人的名声做宣传，完事儿就一脚将人踢开，做事儿太不道德。

为此 YNG 被上边审查，不过奇怪的是最后不了了之，文件下来了连个响都没听见。

YNG 拍宣传海报那天，是和几个车队安排在一起的。

YNG 安排在早上。

随楠早上七点挨个房间叫起床，拍到迟俞房间的时候，半天没听见丁点动静。随楠推了推门，发现居然没锁。

走进去，她发现房间里没人，床尾的被子上扔着一件衬衣和裤子，裤子半截掉地上了，随楠走过去捡起来丢床上。

浴室的灯亮着，有水声。

随楠走到门口：“迟哥。”

叫了两声，里面的水声突然停了，咔嗒一声门打开，迟俞顶着湿漉漉的头发探出头。

随楠像是没看见，公事公办地看着时间皱眉说：“你快点，还有半个小时就要出发了。”

迟俞说：“知道了，五分钟。”

他说完扫了扫还没走的随楠，问：“你还在这儿干吗？”

“催你啊。”随楠道。

迟俞指着门外：“那儿去。”

随楠反应了两秒，明白了，没好气：“大哥你这玻璃，我根本什么都看不见好吗？”

“我怕你看？”迟俞上下打量她，嘲讽，“主要是你，少儿不宜。”他说着还伸着沾水的手，推了推随楠的额头。

随楠挥开他，微笑：“我十八岁，谢谢。”

五分钟后，迟俞顶着毛巾从浴室里出来，打开衣柜一边找着自己的衣服，一边和站在门外边的随楠说：“其他人呢？”

“都准备得差不多了。”随楠说，“就差你了，可快点吧，别穷讲究了。”

迟俞拎着要穿的衣服，嘭一声关上柜门。

他朝着随楠招手：“过来。”

又来这招，随楠摇头。

她知道她就不该说他穷讲究。

随楠见过他的衣柜，衣服鞋子整整齐齐两面墙，镶嵌式的柜子都摆不下，据马涛等人爆料，这还仅仅是冰山一角而已。

最后，随楠还是被迟俞套着脖子走出基地的。

拍摄地点在距离基地两公里外的一处摄影棚内，除了合照，每人还有两套个人宣传照。

马涛哈欠连天地坐在化妆室里，红着眼睛说：“我这也太早了，眼睛直打架。”

“涛哥你昨晚几点睡的？”汤益阳问他。

“四点。”

听得周边的人一阵无语，因为最近YNG和潘柏艺粉丝之间的大战尚未平息，马涛化身网络喷子，天天在网上教网友怎么做人，奋战到凌晨四点也不稀奇。

随楠帮旁边的化妆师拿着包。拒绝化妆师往脸上上妆的迟俞偏头和旁边的随楠说：“过来给我抓一下头发。”

随楠一脸蒙地走到迟俞的身后，和镜子里的他对视两秒钟说：“我不会啊。”

“随便弄，理一下看起来不乱就行了。”

随楠没办法，只能上手。

她给迟俞的头发上喷了点发胶，伸手给他理了理。

他的发质并不算特别硬，比随楠第一次见他的时候好像长了一点，不过并不明显。随楠还挺认真，理他前额的头发时和他的眼睛对上。

她怔了怔。

迟俞：“继续，看着我干什么？”

“哦。”随楠回神。

她发现迟俞的眼睛很好看，和他整体气质不同，眼尾开阔，眼睛底色比常人要稍稍白一点点，这让他看人的时候显得异常专注。

鼻子很挺，连眉毛的形状也很好看。

仅仅是一眼而已，随楠也不知道自己为什么能记得那么清楚。

刚好在 YNG 后面来的就是 FM 车队，队长陶旭飞走在最前边，一眼就看见了迟俞。

他走过来，偏头看了看迟俞毫无妆感痕迹的脸说：“有颜就是任性。”

“你很闲？”迟俞斜他一眼。

陶旭飞人高马大，一过来压迫力十足，随楠往旁边让了让。

陶旭飞认出随楠，拖了个凳子坐迟俞后面，和他说：“忙死了好吗？要不是一直以来的交情，你以为我乐意关心你们车队的八卦。不过说起来，你那微博到底是个什么情况？我听说潘柏艺当初签你们 YNG 可是走了关系的，说解约就解约？”

“不然呢？”迟俞拿过台子上的手机，漫不经心地说，“还有，爱八卦就八卦，打什么兄弟情深的名义。”

“啧。”陶旭飞拍了拍迟俞的肩膀，“你还挺有自知之明的啊，之前，幸灾乐祸别人的时候没见你收敛哪怕那么一点点？”

“我那是真心。”迟俞回头，“你以为都跟你一样？”

陶旭飞耍嘴皮子永远不可能赢得了迟俞。

他干脆换了个话题，看了看正在不远处整理东西的随楠说：“那个呢？私有？”

“前缀看不见？”

“少打岔。”陶旭飞直接说，“你就说你喜不喜欢得了？”

毕竟也是多年老友，几年如一日混迹在一个圈子里，谁还不知道谁。

迟俞看向随楠的位置，回头对着陶旭飞：“喜欢啊。”

陶旭飞噎得半天没说出来一句话。

迟俞恐女的传闻盛传很久，毫不避讳成这样，是想吓死谁啊？

但仅仅是迟俞公开承认喜欢一个女孩子这事儿就够震惊人的了。陶旭飞压低了声音，无比震惊：“你认真的？”

“骗你对我有好处？”迟俞淡定地反问。

迟俞看着面前的镜子，边角的位置能清晰映出自家小经理，她正跟汤益阳那边研究他眉毛有没有画歪的问题，他收回视线。

迟俞掀着眼皮，和陶旭飞继续说："再说了，喜欢能代表什么，我也挺喜欢你的。对于你们 FM 多年来在业界牺牲自己衬托我们 YNG 的精神，我一直深表感谢。"

陶旭飞嘴角一僵，瞪着迟俞说："你是人？"

随时随地都不忘踩别的车队一脚，这是什么职场敬业精神？

再说迟俞这家伙在这个圈子这么些年，各大车队的隐私八卦基本都门儿清。FM 实力一向不弱，但是长期被 YNG 压了一头，后来又有腾跃各种车队崛起，陶旭飞继任 FM 车队队长这些年，个中心酸自是不必说。

迟俞反手拍了拍陶旭飞的肩膀，微笑道："七月珠海的比赛，加油哦，看好你们。"

陶旭飞愤而起身，因为不甘心，站在旁边咬牙道："少嘚瑟了，咱们走着瞧。"

迟俞："好的，走好，不送，拜拜。"

FM 的休息室在隔壁，陶旭飞转头就走。

马涛原本在旁边玩手机，这会儿看见陶旭飞的背影喊："刚来就走啊？怎么不多待会儿？"

陶旭飞在门口回头："这里有些人太脏了！待不下去！"

马涛秒懂，在摔门声里，小声问旁边的迟俞："你又惹他了？"

"别扣帽子，谢谢。"迟俞漫不经心地抬头说，"他心理素质太差，这么多年你第一次见他砸门？”

马涛嘴角抽搐。

雷鱼和陶旭飞长时间属于一个敢说，一个敢当真。而且这么久了，陶旭飞次次上赶着求虐，也不知道图什么？

随楠一整个上午都在协调拍摄中度过。

这些常年在各大赛场奔走的大老爷们，平时看起来跩得跟二五八万似的，到了镜头前面一个个扭捏得跟小媳妇儿一样——动作怎么僵硬怎么来，四肢不协调，同手同脚，甚至是面瘫等等问题都来了。

随楠在旁边看着好笑，摄影师也表示很绝望。

好不容易拍完了几组，摄影师看着相机里的照片，和随楠说：“都合作好几年了，也就拍雷鱼的时候我才不会对自己的专业产生怀疑。”

迟俞还没拍，正由摄影师助理指挥着在棚里做准备。

随楠站在暗处，看着在聚光灯下的那个男人。

每个车手都有两组单独的照片，一组专业的，还有一组相对生活化一点的。迟俞此时就穿着赛车服骑在一辆深蓝色赛车上，左边的长腿点地，手上抱着头盔专心和助理沟通。

拍摄很快正式开始。

和汤益阳他们拘谨僵硬的状态不同，他俨然像是习惯了，很放松，因为长相也出众，随随便便摆出的姿势都能拍成画报。

第一组拍完的时候，随楠上前递给他拍第二组用的衣服。

迟俞接过衣服的时候动作顿了顿，突然拉了随楠一把，同时和摄影师说："老周，拍两张。"

随楠没站稳，脚后跟撞到了车身，整个人往车上倒。迟俞一只手撑在身侧一只手揽了她一下。

随楠都还没有反应过来，就听摄影师说："好了。"

随楠："……"

她还保持着上半身倒在车头上的动作，一脸蒙地抬头去看迟俞。迟俞勾着嘴角把她拉起来，随口说："跟着来一趟，拍一张算纪念。"

随楠被说服，也就没管，反正一张照片而已。

她站好后把衣服递给迟俞说："给你，去换吧。"

随楠最后在摄影师的电脑中看见了 YNG 的宣传海报效果图，结果比想象中好了很多。由于大家配合得挺好，三个小时后正式结束了拍摄。

他们出棚的时候是上午十一点，天空下起小雨。

气温骤降，风带给人凉丝丝的感觉。

随楠在门口给司机大叔打电话，迟俞他们因换衣服走在后边。随楠站在大楼的檐下等待，外套因为雨雾浸得有些湿润。

不远处的花坛旁突然有人喊说：“就是她！”

随楠就见着五六个女生快速朝她跑过来。随楠还记得其中一个，之前在上海的那家酒店门口见过，她说自己是潘柏艺后援会的管理者之一。

随楠被围住了。

随楠皱眉问：“有事？”

“自然。”其中一个女生说，“就是因为你，柏艺哥现在所有的商务活动全部停止了，你知不知道你随随便便的行为会给别人造成多大的困扰？”

随楠觉得自己是不是跟潘柏艺犯冲，有一种走到哪儿这个名字都阴魂不散的感觉。

随楠没有过偶像，也没有像这样不问缘由，也不惧后果地崇拜过某个人。

她虽然讨厌这样的行为，但也并不觉得这些女生有什么不对。

她回神看着眼前的几个女生，问：“你们今天找我的目的是什么？”

其中一个女生道：“你自己出一份声明，澄清你跟柏艺哥没有任何关系。并且他和 YNG 解约的事情根本就是你们的责任。现在把一切完全推到柏艺哥的身上，你们不觉得过分吗？”

随楠还不知道潘柏艺已被终止演艺活动了。

“关于他事业上的事情你们应该找他的经纪公司，找他工作室的团队，而不是来找我。而且……”随楠好心提醒一句，“很多事情不是你们表面看到的那样，他如今只是承担了他应该承担的后果而已。”

她这话让粉丝炸了。

能来这里堵她的人铁定是死忠粉，怎么可能被她三言两语就打发掉?

她们觉得她就是一心机女，想倒打一耙，还想污蔑她们最重要的人。

其中有个女生看起来挺特别，从头到尾一句话都没说，她直接上手推了随楠一把，让随楠撞到了后边的玻璃墙。

随楠站直，忍了忍，蹙眉说：“你们现在走，我可以不叫保安。”

“威胁谁呢？你以为我们怕啊？”

这些女生一看家境都挺好，从小到大估计没受过什么苦，性子张扬，一副天不怕地不怕的样子。

有人带头就有人敢跟着动手。

随楠可不是这么没打架经验的追星族，也不用女生打架扇耳光和扯头发的那些招数。她是街头混大的，了解怎么打人最疼。

几个女生多多少少吃了暗亏，而随楠并没有真的下狠手。

外面一片混乱的时候，摄影棚里的几个人正各自找着自己的包，准备离开。

迟俞站在摄影师老周的旁边。

老周和他很熟了，拿着相机递给他，笑着说："这照片拍得比我想象中好。"

迟俞伸手拿过来。

那张抓拍的照片，时间点卡得刚刚好，随楠仰躺在摩托车车头前，细碎的短发散落，露出她白净的侧脸，眼里带着丁点懵懂的惊慌。反观迟俞，因为去揽她上身微微前倾，一只手撑在随楠的耳侧，光照下，一双眼睛看起来深沉专注。

两人的身形有着较大的区别，看起来对比明显但是又异常自然和谐，而且这动作亲密得有些过头了。

迟俞显然也没想到成片居然是这样的，看了照片好几秒，然后递给老周说："把照片发我。"

"没问题啊。"老周对这种意外抓拍的效果也挺满意的，笑着对迟俞说，"你雷鱼车后不载人的传闻看来要打破了。"

“这不是车后座。”迟俞提醒。

“不是。”老周笑道，“你只是让人女孩子躺车上了而已。”

迟俞难得地没再开口。

这个时候有人匆匆跑进来了，气喘吁吁地说：“外面……外面打起来了！”

“啊？”

棚里的人都惊了。

有人问：“什么打起来了？谁打起来了？”

“一群女生，不知道从哪儿出来的，和那个……”这人是这棚里的工作人员，也不知道随楠的名字，只好道，“和 YNG 一起来的那个女孩子。”

一听这个，YNG 的人炸了。

马涛他们反应过来，拿着东西往外面跑的时候，才发现迟俞早已经先一步出了门。

外面的雨地里，保安一边往这边跑，一边喊“你们干什么的”，随楠就站在花坛旁边，其实并没有怎么动手，随楠在几个女生面前也没吃什么亏。

反倒是那几个女生，有点畏惧她了。

离随楠最近的一个女生，就是带头的那个，听见保安的声音，趁着随楠回头的时候突然推了她一把。

随楠整个人朝着旁边倒过去，而旁边花坛里种满了密密麻麻的带刺玫瑰和蔷薇花。

随楠整个人重心不稳，倒下去的一瞬间她用胳膊垫了一下，才避免了整个脸被剐伤。

而这一幕，恰好被出来的 YNG 一行人目睹了。

迟俞身手敏捷，飞快地把随楠拉起来。

随楠有些狼狈，因为她刚好没穿外套，整个胳膊垫在下面被利刺扎了很多小口子，她的手肘抬起来，上面全是血痕。

更夸张的其实在脖子。

她脖子被挂了一道，从颈侧一直划到下颚，不深，但是很长，看起来也挺吓人。

迟俞没想到十分钟不在眼皮子底下，就来了这么一出，脸黑如墨，直接转头对后面来的马涛说：“报警。”说完也不管那几个女生发白的脸色。

他摸出车钥匙扔给汤益阳：“开车，去医院。”

汤益阳连忙应了，随楠抓住迟俞的胳膊说：“不用了，擦点碘酒就好了。”

这种被刺挂伤的口子其实严重不到哪儿去，主要就是疼，密密麻麻的疼半天消不下去。随楠骑车摔过不知道多少回，这个程度也就小儿科，完全能忍受。

迟俞不同意，说若消毒不彻底、断刺遗留在皮肤里会感染等等。

说得随楠最后自觉上了车。

医院里，随楠在诊室由着护士处理伤口，旁边迟俞跷着腿坐在椅子上翻看手机。

他眉头从进了医院就没松下来过。

弄得旁边的护士好一阵紧张，一度怀疑自己是不是下手重了。

这边处理起来很快，随楠都弄完了的时候，刚好汤益阳提着外卖从外边进来。迟俞从手机界面抬头，蹙眉问："马涛那边处理得怎么样了？"

"已经在警局做笔录了，应该很快。"

迟俞"嗯"了声，打开汤益阳递过来的外卖，然后递给随楠。

因为天气热，包扎容易感染，就简单上了药，这导致随楠一条胳膊看起来花得特别有个性。

迟俞看了她胳膊两眼，倾身端走了她面前的外卖盒，然后拿着勺子舀了一勺，伸到随楠面前："张嘴。"

随楠："我的手没废……"

迟俞挑眉，保持着拿着勺子的动作。

随楠沉默了半晌，默默张嘴接受了迟哥的投喂。

毕竟某人心情不佳，随楠决定听他的话，不惹他了。

警局里人很多，随楠他们是最后来的。

马涛见着迟俞的时候明显松了口气，走近了说：“你们可算来了，再不来老子头都得炸。”

汤益阳看了一圈，小声问：“什么情况啊，涛哥？”

“别提了。”马涛指了指警察那边还很混乱的地方说，“看见了吗，那几个女生家里来提人了，遇见两个贼不讲道理的，正跟警察胡搅蛮缠呢。”

警察也被弄得焦头烂额，正好见着当事人来了，连忙和面前的几个男女说：“行行行，人来了，这边说。”

随楠立马就被迟俞几个人给挡在了后边。

迟俞抱着手，看着那几个人说：“有什么情况和我说。”

“你们这边是不和解对吧？”负责调解的警察是个四十来岁的男人，看了看两边，一脸为难地说，“这事儿其实说到底也不是什么大事情，我们还是建议双方能仔细沟通，达成和解。”

“不和解就不和解啊！”原本站在警察后面的一女的突然大声说。

那是个岁数应该有三十好几的女人，正一个人跷着腿坐在一张塑料凳上，穿一身名牌，一副很高傲的样子。

那女人看了看随楠他们，冷笑两声说："打架也不是一方就能打起来的吧，这个时候躲在人后边算怎么回事？"

随楠一听这话，推开面前的人就走上前。

"我站出来了，你想说什么？"随楠这会儿已经是压着脾气了。

"就是你啊。"那女人上下打量了随楠几眼，"事情的经过反正我已经清楚了，说吧，你们想要多少钱？"

这话不仅仅是让随楠感到愤怒，连警察都很尴尬。

另外几个家长这会儿都站在边上，也不吵了，观望着。

随楠冷笑道："你怕是赔不起。"

"看来你们想狮子大开口了。"那女人说完这话转头看着警察，"看吧，我就说了，这种事情无非就是想让我们赔钱。"

警察为难："这位女士……"

"不用说了。"那女人打断警察的话，直接拿过放在桌子上的包，打开，抽出一沓支票一样的东西，撕了一张看着随楠，"直接说吧，要多少？我女儿追星一年花的钱也不少，我估计你比她大不了一两岁，不过，对比你追着一群连正当职业都没有的男人，本质上也差不了多少。"

她说着，直指随楠身后的迟俞等人。

马涛当场冷笑了两声说：“这位阿姨，嘴下积德。”

那女人被马涛叫了阿姨后脸色终于难看了起来。

“我有说错？”女人道，“一天天不务正业，开摩托车的男人有什么前途？”

随楠脸色前所未有地难看。

她曾经也是一位职业车手，她不允许有人对这个行业进行侮辱，更不允许侮辱自己车队里的这些人。

她是个暂代的经理不错，虽然时间也不长。但她切切实实把自己当成了 YNG 的一分子，把这些人当成了队友甚至是朋友。

随楠当场提起旁边的一把椅子，走过去嘭地放到那女人的面前。

她一只手撑在椅背上，冷笑了声，问：“既然你这么看不起骑摩托车的，那请问你又是干什么的？”

说到这个，那女人很自信地笑了笑。

看得出来她对自己的职业很自豪，并从中获得了一定地位和成就感。

那女人挺不屑地看着随楠说：“说了你们这些人也不知道。”

“LOR 时尚杂志的主编是吧？”背后有人开口。

随楠回头，见汤益阳刚好挥了挥手上的手机。

这家伙也不知道是怎么这么快查到的消息，那女人被说出身份反而更不屑了，说：“原来你们也上网的吗？我还以为像你们这种游手好闲的人整天就知道揪着十五六岁的女孩子不放呢？”

“等会儿。”随楠往旁边挪了一步，“什么叫揪着十五六岁的女孩子不放？是你的女儿主动找事儿，时尚主编做事就是这么不分青红皂白的？”

随楠很久都没有这么生气过了，她说：“还有，麻烦你在贬低别人的时候起码先做做基本的了解，我们的车手每天辛苦训练的时候，你在做什么？凭着一张嘴编编八卦杂志？他们代表国家出国比赛，拿着荣誉奖杯的时候，你们又在做什么？随手给着支票纵容自己的女儿到处胡作非为？”

随楠嘴皮子从来没这么利索过。

女人也明显不是个善茬。

她讪笑两声，看看随楠，又往随楠身后看了两眼说：“你不用在这儿跟我理论，我也不想知道你们那些事情。我来之前查过你，你不仅和潘柏艺不清不楚，还和你后面那男的有关系对吧？作为一个女孩子不洁身自爱……”

“够了。”迟俞跨前两步，将随楠往身后拉了拉。

那女人还想说什么，对上迟俞的视线后，愣是没再说出口，最后只是阴阳怪气道：“几个大老爷们欺负女的算什么。”

随楠听得火起，侧身，说：“你刚刚说什么？再说一遍？”

“我有说错？”女人讥诮道，“一群——”

谁也没料到随楠会突然发作。

眨眼之间，她跟泥鳅一样从迟俞的腋下钻过去，一脚踹在那女人的凳子上。那女人重心不稳，哎哟一声，整个人朝后面翻到。

“打人了！打人了！”旁边有另外的家长突然叫起来。

那倒在地上的女人摔得狼狈，更是气得疯魔，爬起来就朝随楠扑过去。

随楠正要伸手去拽凳子的时候，被人从后面拦腰抱住，迟俞在她耳边说：“冷静一点儿。”

随楠深吸了口气，她看着对面同样被其他人拖住的女人说：“你说他们一群大老爷们欺负你不算本事，我不是大老爷们，你有本事和我打！”

马涛和汤益阳他们哪见过这样的随楠，两人目瞪口呆，慌手慌脚地上前阻止。

随楠从来到怀城开始，就经常和迟俞斗嘴没错，但说到底她其实不是多话的人。她尽职尽责做着一个经理该做的工作，从日常安排到赛前分析一向事无巨细，她都完成得很好。

她并不是个暴脾气的人，平常在这些满嘴脏话的男人中间，连粗口都不会说。

哪知道一来就来个大的。

这不是其他地方，这是警局。

半个小时后，随楠被警察叔叔一通思想教育后，又被迟俞先一步领出去了。

车队的保姆车里，只有他们两个人。

随楠坐在左边靠窗的位置，这个时候她冷静了不少，身上披着的还是迟俞在医院丢给她的外套。

迟俞坐在对面不说话。

他本来今天心情就不咋样，随楠能明显感觉到，他这会儿心情更差了。

她不敢开口说话。

随楠我行我素惯了，很少将就人，但是来了 YNG 这么长时间，她了解队内每一个人的脾气，迟俞更是鲜有真的生气的时候。

就是因为了解，所以这个时候她只能安静。

大约有半分钟的时间，空气是凝滞的。

迟俞抬头看着对面的女孩儿，见她左看右看，就是不敢正视自己的眼睛，停顿两秒说：“这个时候知道怕了？”

随楠稍稍松了口气，抬头说：“嗯，怕了。”

“怕什么？”迟俞问。

随楠老老实实：“怕你……”

迟俞看着她好一会儿没说话，看得随楠怀疑自己是不是又有什么十恶不赦的错误行为时，迟俞终于再次开口。他的语气还算平静，说：“你不应该怕我，做事之前先动动脑子，看看周围环境。凭着一时意气做事的后果，你想过没有？”

随楠想说你真的生气的时候可比任何后果都严重。

不过，她没敢说，只是道：“想过。”

迟俞抱着手靠坐着看她，一副你继续编的样子。

随楠知道这事儿肯定不会这么轻易就过去，认真检讨说：“今天是我做事欠考虑，但那也是因为……”想说因为别人先惹事在先，不过她到嘴边又憋了回去，在自己身上找问题，“我不应该跟人动手，不该那么冲动，原本我们占理……”

“这事儿你并没有做错。”迟俞突然说。

随楠一脸蒙地抬头去看他。

迟俞说：“中午在摄影棚你跟人动手是对的，那种境况下必须学会保证自己安全。刚刚你的行为也没有多大的过错，先失了体面和道德的人更不是你。在警局动手可以说你鲁莽，但你知道你最大的错误在哪儿吗？”

随楠虚心求教：“哪儿？”

“错在失去大局观。”迟俞说，“作为车队的经理，你必须学会站在一定的高度上看问题，这事儿的影响力远比想象中要深，维护车手、为车手打抱不平所有人都会感激你，但是车队经理同样是管理位，是俱乐部和车队的连接，关乎一整个车队的命运。”

随楠其实并不太懂。

她觉得这个高度上升得太大，但是又隐约感觉，迟俞是刻意在教她一些东西。

随楠太年轻了，她经历的事情并不太多。

她并不知道具体如何管理好一个车队，如何协调车手和俱乐部的关系。

她始终把自己当成了一个代替品而已。

或者说，她从深处觉得，自己不会在这里待太久。

随楠点点头：“知道了。”

“你真的知道吗？”迟俞问。

随楠：“什么？”

迟俞叹了口气，说：“随楠，周凯回来了，你有没有想过自己会去哪儿？”

随楠陷入沉思，她或许想过，又或许没有。

隐隐约约的念头曾经不止一次在脑海中出现，后又被刻意岔开。她当初因为老薛的缘故来到这里，回程却没有在安排当中。

路在那里，但是她没有回去的理由。

普通人刚上大学的年纪，她却早早漂泊，她失去了摩托车，她依然在这个圈子里，她又好像始终游离在这个圈子之外。

女孩儿有那么一瞬间用极其迷茫的眼神看向对面，迟俞的心跟着停滞了一瞬。

她问：“你问这个做什么？”

然后，她听见有人回答她说——

“因为想让你留下来。”

汤益阳、马涛他们几个人回到车上的时候，都觉得气氛怪怪的。

马涛还以为迟俞训随楠了，一屁股坐在座位上说：“雷鱼，没必要吧，一天天地少吓唬人家姑娘好吧？”转头就对着随楠说，“没事少听他扯犊子，当耳边风就好了。”

迟俞一钥匙扣砸他身上。

马涛笑着接了。随楠说：“没有，迟哥没骂我。”

“哟，转性了？”

迟俞一般不骂人的，随楠刚来那会儿见过他训汤益阳，但是那只是教育，不是骂。虽然大家一致认为YNG的新任队长沉着脸给队员进行思想教育的时候比骂人可怕多了。

他就适合没事口头上虐虐别的车队，或者损前任经理。

等人都上了车，迟俞问：“解决完了？”

“完了。”李立骞是后半程过来的，来的时候随楠暴起踹人的一幕都已经过去了，说给他听他还不信。

他道：“那几个女生都留了案底了。”

“舒坦。”马涛感叹，“年龄小并不是逃避法律制裁的武器，就该给她们点教训。”

迟俞始终皱着眉，这会儿问：“她们怎么会知道我们的行程？连摄影棚的位置都知道得如此清楚。”

“问过了。”李立骞说，“所谓明星的粉丝官方后援会一般都是和明星的工作室有联系的，那边透露过，很可能是故意为之。”

迟俞点点头：“很好。”

随楠有另外担心的点，说：“今天那女的是时尚杂志编辑，应该不会乱写吧？”

YNG近期本来就在风口浪尖，潘柏艺的事情还没有过去，这要是被有心人带一波节奏，麻烦就更大了。

“不会。”迟俞说。

随楠不太清楚，但是马涛接着说：“没有告诉过你吧。”他拍了拍汤益阳的肩膀，得意道，“我们小阳阳乃是LOR杂志上头总公司老板的公子。别说她不敢写，工作能不能保住都难说哦。”

随楠一脸惊讶地看向不太好意思的汤益阳，终于明白过来他为什么那么快能知道对方的身份了。

这叫什么，冤家路窄吗?

随楠还是顾虑道：“毕竟现在做的事情不同，让家里帮忙……”

“放心好了，小楠楠。”马涛这人又开始不正经，一只手肘干脆撑在了随楠的肩膀上，他冲迟俞所在的方向抬了抬下巴说，“这边行不通不还有你迟哥在吗？正所谓该来的报应迟早都会砸头上，跑不了。”

随楠抬头看过去，发现迟俞的目光刚好落在她肩膀的位置上。

她心虚一般，挪了挪位置，不动声色地往旁边让开了一点儿，后又觉得自己很莫名其妙。

第六章
/ 那是喜欢，是心动

粉丝找碴儿这事完全被压下，丁点浪花都没有翻起来。

潘柏艺停止一切商业活动的事情知道的人原本不多，他经纪公司那边是想低调行事，等这阵的风头过了再说。

但是他注定是等不到了。

一个星期不到的时间，一个网名叫“乐乐”的网友就在网上爆料。直指潘柏艺私生活混乱，有女朋友期间到处约粉丝，更劲爆的是他有暴力倾向。这个叫乐乐的网友直接晒出了医疗鉴定，附带了好几张铁证一般的照片。

有情侣合照，还有鼻梁被打断的照片。

这在业界引起了非常大的震动。

工作室和潘柏艺的微博安静如常。

这还不是结尾，接连又有好几个爆料，全是关于潘柏艺的黑料，其中不乏蹭热度的，但是他算是彻底糊了。

热搜整整挂了三天，后来被上边通报批评德行有失，经纪公司迫于舆论压力直接放出了解约合同。

随楠去看过这个叫乐乐的微博。

明明前几天还晒了旅行照，日常不是买买买就是旅游，完全一白富美的生活，结果下一条就毫无预兆地爆料了潘柏艺的事儿。

她看这个的时候，正躺在沙发上。

随楠翻了半天，说："看女孩儿之前的微博，感觉挺乐观的，虽然遇上了一个渣，但好像也没留下什么心理阴影。"

迟俞在餐厅拿水果，不咸不淡地"嗯"了声。

随楠觉得他态度怪怪的，翻身问他："迟哥你认识啊？"

迟俞顿了一秒："认识。"

随楠："……"

迟俞看她半天没说话，从开放式的案台上抬头，挑眉问她："怎么不说话？不好奇吗？"

"算了，不问了。"随楠说。

对她而言，结局都已经在这里了，她就想问问他和这个叫乐乐的关系，但想想过于八卦，也就作罢。

随楠拿着手机盘腿坐起来，看着还在洗水果的迟俞说：“迟哥，我打算自考。”

迟俞动作一顿，抬头。

“自考？”

“嗯。”随楠点点头，“就管理一类的，感觉系统学习会比较有用。”

“想法不错。”迟俞拿着洗好的水果走过来。

随楠伸手从里面挑了一个最大的桃子，啃了一口，听见迟俞说：“我可以先给你找几本书，你先看着。”

“好啊。”随楠笑了笑，不过很快又收敛起来，“可是考试时间差不多刚好和比赛那段时间撞上了。”

“安心学你的。”迟俞道。

随楠复又笑起来，她打算两边兼顾的。

说不清楚这个念头到底是什么时候坚定下来的，以前老薛说要供她上学她拒绝了，也没有要继续读的想法。

但是当听到那句想让你留下来的时候，随楠突然有种前路清晰开阔的感觉。

她似乎找到了目标，也找到了终点。

是 YNG，又或者是某个人的身边。

这个叫雷鱼的人太耀眼了，随楠和那些仅仅是在赛场或者报道里看见他的车迷不一样，随楠是没有滤镜的。她见过这个人大清早顶着一头凌乱头发在卫生间睡眼惺忪刷牙的样子，见过他恶毒嘲讽得其他车队的车手想要联手暴打他的“罪恶嘴脸”，也曾见过他训练结束，毫无偶像包袱直接瘫倒在赛道上生无可恋的表情。

见过那么多样子的他，随楠依然觉得这个雷鱼是闪闪发光的。

站在他身边，太需要勇气了。

随楠被他的光芒掩盖得暗淡无光，她上一次生出想要为了一件事拼命前行，还是那年第一次接触摩托车的时候。

后来她失去了这样的机会，就如同幼苗干枯。

她清楚生出重新出发的勇气是什么缘由，但却不敢确定。

随楠是小心翼翼的。

毕竟喜欢于她而言，太难得，且奢侈。

这时，随楠的手机响了。

是许久不曾联系的薛亦梁打来的。

之前他问过她和潘柏艺的事情，随楠只说是误会，并没有多说。

随楠啃了一口手里的桃子，开口说：“梁哥。”

餐桌边拿着水果刀正准备削皮的某人，一刀利落插进了水果里，吓得旁边刚准备伸手去拿的汤益阳一个哆嗦。

他颤颤巍巍抬头看着自家面无表情的队长，深刻检讨了一下自己最近有没有犯错。

想了想，好像也没有。

随楠那边电话还在继续。

薛亦梁说他们车队参与了一个品牌比赛，就在后天，问她要不要去看。

“不去了吧。”随楠说。

随楠脑子里第一时间闪现出来的，是某人不止一次地说她私下联络其他车队的车手，虽然也没真的处罚过她，但她愣是印象很深刻。

薛亦梁有点失落的样子，随楠开口说：“梁哥，我……”

“什么？”那边半天没有听见她的声音，所以问了句。

随楠笑了下：“没什么。”

她原本打算告诉他自己决定去自考管理的事情，但想了想还是决定等考试成绩出来后再说。不知道是不是心境变化的缘故，随楠似乎更能理解薛亦梁。理解他的歉疚，他的抱歉，甚至是喜欢。

喜欢这事儿她从头到尾没给过他希望，也知道永远不可能。但如果知道她的决定，他应该会放心很多。

他是，老薛也是。

随楠最后说：“有时间一起吃个饭吧，我请客。”

那边很快应了，在听到队友叫他的声音后才挂断了电话。

随楠学习计划定下来后就开始研究这方面的资料，而 YNG 的训练依然紧锣密鼓地正在进行当中。

天气越来越热了。

迟俞拿给随楠资料的那天晚上，随楠下午刚吃了两根冰棍，到了傍晚腹痛难忍。

她忘了自家“亲戚”差不多就是这两天光顾了。

随楠原本正蜷缩在床上，听见敲门声响，有气无力地问道：“谁啊？”

“是我。”自家队长的声音。

随楠没办法，爬起来去开门。

迟俞见她脸白得像鬼的时候第一反应是她发烧了，皱着眉伸手探了探她额头的温度，低声问她：“病了？”

“没。”随楠的声音很轻。

她以往也姨妈痛，但是一般不算特别严重那种，也会常备止痛药。但是这次忘了具体时间，吃了凉的，更惨的是药没了。

就这站着的一会儿工夫，她就感觉自己有些手脚发软，额头开始冒冷汗，小腹更是坠疼坠疼的。

迟俞见她反应这么大，眉毛全拧起来了，眼神瞟到她手捂着的位置瞬间明白过来。他推开门走进来，将手里的几本书放在桌子上，回头道：“去躺着。”

随楠没什么力气和他说话，蹬了鞋子爬上床。

她很快感觉到自己脸上有什么温热的触感，睁开眼睛发现是迟俞去卫生间拧了帕子在给她擦汗。

随楠脸色有点发红，又不知道自己到底该不该躲，所以显得有点愣愣的。

迟俞以为她疼得厉害，问她：“药呢？”

“没了。”随楠说。

“你可真行。”迟俞把她的手拿起来，一边擦一边说，“下午一口气吃了两根冰棍，还在瓜皮它们面前晃，你不是挺得意？”

随楠不承认，狡辩：“少乱说，我什么时候得意了。”

她这个角度能清晰看见迟俞的脸部轮廓，能看见他眼睫投下的暗影，他垂眸看起来很专注。

随楠脑子有点发晕，嘴上还在说：“这事儿得怪汤益阳，他撒娇才让阿姨在冰箱里囤了好大一箱冰棍。”

迟俞抬头看她一眼：“你倒是会找背锅的。”

等擦完了，迟俞拿着毛巾站起来说：“盖好，空调遥控器呢？”

随楠指了指柜子。

迟俞拿起来把她的空调给关了。

随楠差点坐起来，阻止说：“打开。”

迟俞拿着遥控器回头，问她说：“你是要空调还是要命？”

随楠坚定不移地说：“如果非要在热死和痛死之间选一个，我选后者。”

“别选了，你没那权利。”

迟俞丢下这句话干脆拿着空调遥控器出门了，留下疼痛难忍外加即将被热死的随楠生无可恋。

迟俞回来得很快，随楠那个时候都快要睡着了。

她迷迷糊糊地听见走廊里传来迟俞和李立骞的声音。

李立骞看着从楼梯上上来的人，惊讶地问他：“这么晚，你出去干吗去了？”

“买了点药。”迟俞提了提手上的袋子。

李立骞皱眉：“你病了？怎么不早说，这段时间训练那么紧，你……”

“队长。”迟俞打断一唠叨起来就没完的李立骞，“不是我。”

半分钟后，李立骞眼睁睁看着他无比自然地推开了车队小经理的房间。李立骞甚至是在停顿了两秒钟后才想起来如今车队经理不是周凯，而是随楠。

他脸色变了几变，心想这两个人什么时候这么熟了?

而随楠睁开眼睛的时候正看见迟俞站在床边倒水。

“醒了?”迟俞伸手过来，“起来把药吃了。”

随楠看着他掌心两颗白色的药，慢吞吞地爬起来，接过迟俞手里的水把药吃了。

随楠：“你特地出去买的啊?”

“嗯。”迟俞拿过她手里的水杯，转身放在后边的凳子上。

随楠看着他的背影两秒钟：“迟哥。”

“嗯?”

“我以后不跟你吵架了。”

“良心发现了?”迟俞回头看向她。

随楠不说话，她其实也没和迟俞怎么吵过，这人有时候嘴上挺不饶人，但多数时候他都是 YNG 可靠的队长，是随楠很信任的人。

她是真的很信任这个人，没来由的。

按说随楠这种一到陌生环境总需要一段适应时间慢热的人，没个三年五年都很难跟人熟悉到交心。

但是迟俞有这种力量。

迟俞见她发呆，坐在旁边，问她：“想什么?”

“在想。”随楠停顿了两秒钟，看着迟俞的眼睛，“迟哥今晚格外帅。”

迟俞显然没料到这答案，愣了会儿，啼笑皆非。

最后，他替她拉了拉被子说：“睡吧，晚安。”

他起身倾身过来，帮她关掉了房间的灯。

随楠觉得迟俞靠得太近了，他脖子上挂着的黑绳子项链落在随楠脸上，冰凉冰凉的。她能微微感觉到他皮肤的温度，闻到他身上淡淡的气息。

随楠在暗下来的光线里，低声说：“迟哥晚安。”

怀城这个地方四季分明，夏天是真的很热。

随楠开始随时随地抱着本书在啃之后，俱乐部里所有人都知道她打算自考了，俨然一高考生的待遇。

连马涛他们平常和人打游戏的音量都自动降低。

刚好那段时间 YNG 全国赛还有另外两个站的比赛，随楠依然跟着到处跑。

迟俞并没有阻止她。

虽然很累，但是随楠从来没有觉得生活如此充实过。

而且她意外发现迟俞这人懂得还挺多，据说他英语说得特别好，甚至还会西班牙语，在语言天赋上堪称奇才。不仅仅如此，随楠在学习上的很多问题，问他，他基本都知道。

六月初有一场赛事在宁波。

随楠大清早跟着出发。

她在客厅收拾东西，因为不仅要安排赛事，她还有很多资料设备要带。

她摊开了一个大包扔在地上，想到什么就扔里边。

其他人陆陆续续从楼上下来。

马涛看了看地上的背包，捡起里面一个黑色的盒子问："这是什么？"

"相机。"随楠说，"凯哥说这次我们要自己拍点赛事图片用做之后的文案宣传。"

迟俞就跟在马涛后边，走过来把他自己的包扔旁边，对随楠说："重的放这里边。"

马涛吹了声口哨，跟着说："也可以给我，关爱车队唯一的女士，是我们应尽的职责。"

随楠听得嘴角抽了抽。

她无比自然地打开了迟俞的包，把东西一边往里边丢一边和马涛说："涛爷，我可不敢给你。你忘了上次在外地，你半夜去网吧，结果把所有证件都丢了差点回不来吧？"

说到这个，马涛痛心疾首。

为了这事儿他咒骂了黑心拿了他包、连身份证都不给他留下的那个人整整半个月。

而且回来之后又因为补办各种证件整整跑了一个星期。

迟俞没管他俩，不过越过两个包的时候注意到了随楠光脚踩在地板上。

他皱着眉回头盯着随楠。

随楠注意到他的目光，默默低头看了看自己的脚，反应过来立马走过去套上自己的拖鞋。

这点眼神小互动没能逃过马涛的火眼金睛。

随楠走开后，他一把钩上迟俞的肩膀说："老实交代，你俩是不是有状况？"

"没有。"迟俞打开冰箱拿了一瓶冰饮，又拿了一瓶扔给马涛。

两人倚在冰箱边上，打开饮料碰了一下，各自仰头灌了一口。

马涛说："哥们儿眼睛可利着。"

"那你还是瞎了好。"迟俞冷酷无情道。

马涛啧了声，提醒："悠着点吧，周胖子最近致力于和随楠交流他在国外的学术心得，他可是真心培养的，要是让他知道你趁着他没在就拱了他精心栽培的白菜，我看他得和你拼命。"

迟俞没搭理他，将空了的饮料罐捏扁，一个隔空抛物精准扔进了垃圾桶，然后插着兜往门外走了。

飞机上，随楠专心做着题。

他们订的是商务舱，空间位置很大。

随楠的旁边就是迟俞。

他盖着外套在睡觉。

飞机飞过云层保持着平稳的飞行，阳光很好，层叠的云就在脚下。

随楠偏头的时候见光照在迟俞脸上，他皮肤很好，虽然他也是个熬夜狂，日常和人打游戏、和哥们儿一起半夜赛车都是常有的事情，但是脸上连个痘印都找不着。

随楠打算帮他把遮光板拉下来。

结果手刚伸过他的脸就被一把拽住了。

随楠被他的动作吓了一跳，对上他缓缓睁开的眼睛。

他昨晚没睡好，眼角带着丝疲倦，哑着嗓子问她：“你干吗？有题不会做？”

“会啊。”随楠滞了滞，指着小窗的位置，“遮光板。”

迟俞顺着她指的方向看了一眼，回头：“哦，不用。”

随楠“嗯”了声，抽回自己的手。

隔了个过道的马涛今天对他们这边的情况格外敏感，但是听话听半截，转头看着随楠小桌子上摊开的书说：“题不会做就找雷鱼，他这种人不赛车可是要回家继承亿万家产的，学的东西五花八门，你这点题对他来说小儿科。”

迟俞拎着身上的外套砸过去：“闭上你的狗嘴，安静一点。”

马涛当场识趣地撇了一下嘴。

关于迟俞的家境，随楠多多少少听过一些，不过他自己没提过。

随楠偏头看他，好奇地说：“你要是不进职业摩托车赛车圈，真的会回家继承家产？”

“不知道。”某人很酷地回答，“没想过这个问题。”

迟俞说没想过那证明就是他真的没想过。

他十三岁就接触了这个行业。

因为热爱，所以这么多年初心不改，一直走到今天，接下YNG队长的这个位置。

迟俞皱眉问随楠：“一直看着我干什么？”

“这很酷。”随楠说。

迟俞伸手抓着随楠的头顶，把她的脑袋扭回去说：“认真写作业，写完检查。”

随楠拿起笔，“哦”了声。

宁波站的赛事国内的各大车队基本都有人参加，职业车手一年到头的日常要么是比赛，要么就是训练。

到宁波的那天晚上，随楠挺意外地见到了唐天波。

这个曾经驰骋赛场多年的老将、带出迟俞等优秀车手、如今依然致力于挖掘有潜力新人的业界前辈，随楠算是第一次正式和他见面。

当时在酒店大堂，随楠刚办理完入住，就发现迟俞在朝自己招手。

她莫名其妙过去，看着他问：“怎么了？”

“给你介绍个人。”他说着就指了指自己面前那个穿着一身白色运动服、身高大约一米八、有着啤酒肚的男人说，“这是唐天波教练。”

随楠反应了好一会儿，连忙弯腰说：“唐教练好。”

然后，随楠就听见了一阵爽朗的笑声。

唐天波看着随楠说：“你就是老薛那个一直夸赞的女徒弟是吧，那老家伙这几年怎么样？我们都很久没见面了。”

“他很好，也一直提起您。”随楠规矩又乖巧地回答。

或许是因为唐教练和老薛的这层关系在，他虽然看着比老薛年轻了几岁，但是随楠对他有种说不出的亲切感。因为在他们身上，随楠能看见同一种东西。那是对这个行业的一种执着，一种天然的热爱。

唐天波笑着点头，看了看迟俞又问随楠说：“这小子没欺负你吧？他就是个狗脾气，做事我行我素的。”

“没有的。”随楠说。

迟俞对唐教练说：“用不着一见就诋毁我吧？”

“我还不知道你小子。”

唐教练也是因为这次比赛特地过来的，因为有少年组的比赛，带着一帮小孩儿来体验体验。

晚上和 YNG 车队一起吃饭，因为得知老薛的儿子也在，唐教练特意让随楠打电话把人一起叫出来。

因为天气热，特地找了个有空调的私家菜馆，要了个包厢。

薛亦梁到的时候，菜还没有上齐。

随楠出去接的人。

薛亦梁小时候和唐教练见过，还有些印象，谈起从前的事情两人很快热络起来。

随楠坐在旁边偷偷去看迟俞。

也不知道是不是因为唐教练在的缘故，他这会儿倒是不说人是其他车队的了，安安静静地吃着东西。

不过他旁边像是长了眼睛一样，精准抓住随楠偷觑的目光，不咸不淡地道：“要看就光明正大地看，偷偷摸摸做贼？”

随楠顺手夹了个面前盘子里的丸子放在他碗里。

迟俞看着她的动作，问她：“这叫什么？贿赂吗？”

“这话太难听了。”随楠道，“我分明是好心。”

迟俞嗤了声：“瞧你那殷勤的样子，放心好了，就算今晚这里全是我 YNG 的人，也不会把你青梅竹马的小情郎怎么着。”说完还顺带夹了个丸子，回赠给她。

随楠：“……”

当天晚上散场的时候还很早，因为是赛程期间，没有人喝酒，大家客客气气道别。不过薛亦梁要走之前，特地把随楠叫到旁边。

路灯下有两只飞蛾绕着昏黄的灯泡不停地打转。

马路上倒映着一高一低两道影子。

薛亦梁看着脚底，笑了一下对随楠说：“我还记得几年前你影子也就那么点高，转眼我们都长大了。”他说得有些感慨。

随楠偏头看他一眼，问：“你是不是见了唐教练，所以想起老薛了？”

“是有点。”他说。

随楠拍了拍他的肩膀说：“我前两天刚给他打过电话，他和一帮朋友正钓鱼呢。你要是想他就打个电话，别拿那套现在还没做出成绩的说辞，你那是硌硬自己也硌硬老薛，他什么时候图你非要做出成绩了？”

随楠说完的时候，发现薛亦梁一脸无奈地看着自己。

她皱眉道：“你这是什么表情？”

薛亦梁伸手戳了戳她的额头，说：“你在其他人面前也都是动不动就这副板着脸教训人的样子？到底是我大还是你大？”

随楠道：“我心智比你成熟。”

薛亦梁摇摇头，不和她贫。

远处YNG的人正在路边和唐教练说话，薛亦梁往那边看了看，又回头看着随楠说：“那个人对你好吗？”

“哈？”随楠不怎么明白。

薛亦梁：“雷鱼，你们不是在一起了？”

随楠先是震惊了半分钟，默默问：“你听谁说的？”

“我们队长。”

“徐天？”随楠问，“那他又是听谁说的？”

“好像是FM队长陶旭飞。”

随楠的脸越发木然起来，这陶旭飞又是听谁说的？不过这都不重要了，现在连薛亦梁都听说了，这起码意味着在整个职业圈子里都传遍了。

随楠并没有特地给薛亦梁解释。送走他，随楠往回走。

她到了迟俞的背后时，他像是有感应一样，回过头。

他看清她的脸色后，伸手捏了捏她的脸问：“你这是什么表情？”

“迟哥。”

“怎么？”

“我和你在一起了吗？”

迟俞不动声色地放开手问：“什么在一起？”

“听说现在到处都在传我和你在一起的消息，你知不知道谁传出去的？”

迟俞回忆起上次宣传照拍摄期间的某些画面，心想，大概是自己了。他当时说的时候就应该猜到，告诉陶旭飞就等于告诉了全世界。

迟俞没有直接回答随楠的问题，而是反问：“怎么，和我在一起的消息让你这么在意？”

“也不是。”随楠说。

她一时不知自己应该怎么说。拿自己的名字和迟俞这两个字联系在一起总有种心惊的错觉。

随楠看着迟俞说：“这种消息对你比较有影响的，估计车迷得炸开锅。”

迟俞皱眉：“你就想到这个？”

“嗯？还有什么？”

“没什么。”迟俞说。

他说完，朝其他人挥挥手说：“走了！”

随楠跟在后边有点莫名其妙的，但是看着迟俞表情没啥变化，又觉得自己想太多了。

迟俞今年就已经拿下了国内比赛两站的冠军，如果再拿下宁波站，就是三冠王。

迟俞、徐天等都是冠军的热门人选。

而这次宁波的赛事因为下大雨往后推迟了一天。

随楠在酒店房间整理资料。自从进了 YNG，她在路途奔忙以及住酒店的时间占了大半。天一亮，睁眼就有很多事情等着她。

这天不用比赛，也没有训练，听着窗外的雨声，她安安静静待在房间里学习一整天。她脱离学校也有段时间了，再次进入学习状态是有些困难的，而且还是自学。但是每一个熬过的清晨日暮，昼夜黄昏，都开始变得有意义起来。

迟俞推开门的时候，随楠就趴在落地窗边的小圆桌上睡着了。

他保持着推门的动作好几秒，才走进去，轻轻关上房门。

房间里温度很适宜，圆桌的底下铺着一层柔软的地毯，女孩儿盘腿坐着，侧脸沐浴在雨落沉宁的光线里，嘴唇的颜色柔和漂亮，睡颜看起来也很安静。

迟俞的目光在她脸上停留了会儿，然后转头看着桌子上一摞资料，紧接着就原地坐下来，拿过桌子上的笔和书。

随楠醒的时候觉得自己好像闻见了饭菜香，睁开眼睛就看见了靠坐在窗前写东西的人身上。

随楠很难形容此刻的心情。

她的心脏剧烈跳动起来。她笃定了那是喜欢，是心动。

迟俞终于抬头，停了笔，看了看表说："醒了？听说你为了听一堂线上课没吃饭，给你带了点。"

他抬抬下巴示意圆桌的位置，说："起来吃吧。"

随楠很快坐起来，打开了盒子，一边吃着，一边看继续在资料上写写画画的人，问："你过来多久了？"

"不久。"迟俞没抬头，"也就半个小时。"

随楠吃得不多，很快收了盒子。

她坐到迟俞的旁边。

迟俞自然地把资料递给她说："给你画了些重点，之前做的我看了，正确率还可以。"

随楠把书接过来。

入目都是他的字，对比书上规规矩矩满屏的印刷铅字，迟俞的字迹犹如龙飞凤舞，他的字写得很漂亮，不多，也就一些勾勒的地方有简单说明。

比赛的那天，赛道上留着雨后的湿润痕迹。燥热不再，留下一片清凉。

车迷的热情不减，有不少人早早就到赛场外等待。随楠看到了不少 YNG 加油的标志，最多的是迟俞个人的应援。

这段时间粉丝陡然间多起来，每一条官方微博下只要提到迟俞的信息，评论就会成倍增长。

随楠怀疑之前潘柏艺那件事留下来的唯一一点好处，就是大量粉丝爬墙，跨界喜欢上了职业赛车圈一个优秀的赛车手。

虽然迟俞本人根本不在乎这个，但随楠想这事儿不算太糟糕。

场上车队很多，车手更多。

一场相较于往常没有什么不同的比赛，大家心态都很平。

尤其是迟俞和马涛这些长时间在跑道上的人，完全没有紧张感，估计和一场练习赛没什么区别。反倒是唐教练带的那群小孩儿，十三四岁，有的紧张得不停地喝水。

唐教练习以为常，开赛前的间隙特地把迟俞叫过去给小孩们上课，问：“认识吗？”

小孩们一致回答认识，有不少小孩儿不敢直视迟俞的眼睛，毕竟这样一个标杆站在这里，是新人们励志追赶甚至超越的目标。

随楠站在旁边，看见迟俞笑着和他们说："别听唐教练瞎吹，你们就尽情去跑，放开了去追，开心最重要。"

这场比赛一共有好几十个车手，迟俞的标志性战衣在人群中很醒目，他和顶尖的几个车手交替领先，不断反超又不断超越。

你永远不知道下一个弯道谁会在第一的位置。

十圈的赛程，一分一秒都是精彩的。

可是，事故就出现在第八圈的时候，原本刚刚压过一个弯道，再次领跑的迟俞速度却突然慢下来。

车头左右晃动，车身不稳。

顿时，议论声四起。

原本坐在观赛区的 YNG 其他车手全部站了起来，马涛直接爆了粗口："怎么回事？"

随楠看见场上的状态时，整个人都绷紧了。

事实上，正规的摩托车赛事上出现威胁生命的事故并不多，撞车打滑都是常有的情况，也很快会得到解决，但是有一种除外，就是"死亡摇摆"。

死亡摇摆一旦出现几乎是没办法救回来的。

随楠看着赛道，一颗心提到了嗓子眼。

广播里，解说员的声音也很意外，说："我们能明显看见车手雷鱼的赛车似乎出现了一些问题，他现在情况有些失控，而且比较危险……"

其他赛车一辆一辆超过迟俞，他此时已经靠近了赛道边缘。

随楠看着迟俞失控的车头一点点平缓下来，速度减慢，直到安全停在了赛道边缘。

随楠一口气松下来，发现自己整个后背都被冷汗浸湿。

旁边的马涛等人也是一屁股坐回原位置上，放松下来的样子。

迟俞的技术他们是相信的，好在没出现特别严重的情况。现场技师最后给出的检查结论是车辆本身的问题。

因为保养不佳引起的前轮左右不平衡，动平衡没做好，且前轮胎压不足。

迟俞以往在各大城市的比赛都是用的自己的赛车，这次宁波站因为运输问题，导致他的车没有运过来。

迟俞也不是非要用自己的车，但没想到偏偏在这一站出了问题。

主办单位立马给迟俞换了备用车。

解说 A："这意外几乎是致命的，实在是太可惜了，雷鱼本身有很大的希望能够拿到第一的。”

解说 B：“是啊，而且今年的全国赛以来，雷鱼带领着 YNG 一直表现不俗，原本以为宁波站会为他一举拿下今年的三冠，如今看来是没有希望了。”

解说 A：“但是我们看到雷鱼似乎并没有打算就此放弃，他重新上了赛道！”

所有人都知道不可抗力的出现，雷鱼得冠军几乎没有可能了。而且这场比赛已经接近最后的赛程，就算是重新上了场，成绩也不会理想。

但是很快，大屏上原本锁定在前三位置的摄像机再次锁定在了迟俞的位置上。

惊人的一幕很快出现。

引擎轰隆的声音从赛道的最后面出发，在最后两圈的比赛当中，迟俞用常人难以达到的控制力和速度超越一辆又一辆赛车。

那道影子穿梭着，如同穿越了拥挤人潮，留下让人叹为观止的一道残影。

解说激动了，争相说着：“我们再次看向雷鱼，不愧是国内的顶尖车手，YNG 的王牌车王！就他目前这个速度，拿到名次不是没有可能！”

“是的！又超越了两辆！”

“哇！这个压弯精彩，吸住了前车的尾气在最后一秒再次赶超。而且刚好躲过了旁边赛车相撞的危险，这控制力实在是太好了！”

……

随楠并没有去听解说员吵嚷的声音，心随着迟俞的赛车越往前逼近，就越提了起来。眼看越来越近，最后一圈，随楠替他数着还在前面的车。

十，九，八，七……

耳边是“嗡嗡”的声音，一辆辆赛车冲过了终点线。

随楠在最后一秒站了起来。

第三！

简直是奇迹。

但是他做到了！

今天，全场的车迷都疯了一样，尖叫和掌声长时间蔓延在赛场，连现场解说员的声音也激动得一声高过一声。

汤益阳等人也是直接跳起来和旁边的队友抱在了一起。

连一向老成持重的李立骞都不淡定了，拳头和手掌互击了下，激动道：“我就知道他可以！”

马涛笑得肆意：“自然，那可是雷鱼啊！他疯起来的时候谁有他牛？”

随楠紧盯着终点线的那道身影。

这短短时间的一场比赛心情起伏实在是太大。

担忧、害怕，再到激动喜悦。

雷鱼永远不会让人失望。

拿不到第一又如何，他总是不断在往前突破。

赛场上，原本拿了前排位置的徐天等人全部摘了头盔走到雷鱼旁边，陶旭飞更是一拳击在他的肩膀上，看了看周围震天的欢呼说：“你可以啊，老子好不容易拿个第一，结果欢呼声全是给你的。”

迟俞笑着和陶旭飞握手撞击了一下肩膀。

他回头往观众席的方向看过去。

明明隔得那么远，连脸都看得不是很清楚，但随楠还是感觉到了迟俞的注视。

那人并拢了食指和中指，磕在自己额头上，又往这边一挥。

他潇洒帅气的动作，惹来观赛区疯魔一样尖叫。

李立骞：“这刚比完赛，发什么骚呢？”

“不知道哦。”马涛意味深长，“估计是彻底疯了吧。”

因为这场比赛的赛车中途出现问题，后续有一些问题需要随楠沟通处理。她弄完出来的时候，车队里的人都开始准备回程了。

随楠看了一圈没看见迟俞，问汤益阳：“迟哥呢？”

“哎。”汤益阳转了一圈，“刚刚不还在这儿？”

话音刚落，随楠就感觉头顶罩来一只大手。

她回头对上迟俞的视线，他挑眉：“东张西望的，找我？”

随楠“嗯”了声，问他：“什么时候回去？”

“就走。”迟俞说。

车队的保姆车穿过车流，今天虽然没再下雨，但是也没有放晴。外面已经有种进入傍晚一样的感觉。

估计也是大家都挺兴奋的缘故，不像以往比赛完上车就睡倒的样子，打游戏的打游戏，看回放的看回放。

李立骞看了会儿手机，然后抬头说：“雷鱼，上新闻了。”

这人很不要脸地说：“我上新闻的时候还少了？”

随楠也打开手机看了几眼。

不光车迷粉丝疯了，相关报道到处都是。

网传最著名的一个视频是“神仙四十二秒”。

就是迟俞最后那段赶超的视频，随楠又点开看了一次，手机的录屏虽然看起来更清晰一些，但也远不如现场热闹。

随楠看着，仿佛又置身在现场，体会了一遍当时的心境。

马涛一边按着手机里的游戏，一边偏头说："其实这都是小儿科吧，两年前雷鱼参加曼岛 TT 那次，才真叫刺激。"

随楠听见这个立马放了手机。

曼岛 TT，全球目前最危险的摩托车赛事，都是些不要命的赛车手亡命拼搏，每年的死亡率在各大比赛中居高不下。

但也正是因为刺激感，吸引了全世界无数优秀赛车手前赴后继一样前去参加。

随楠看向迟俞，这人连头都没抬，仿佛这不是什么了不得的事情。

随楠很奇怪："我看过你们的资料，好像没有参加过这场比赛的记录。"

"别提了。"马涛失笑，"他当时背着周胖子去参加的，那胖子见他跟人环湖跑山都吓得心脏病发，而且雷鱼那次比赛出现了点小事故，从此没有人敢在周胖子面前提起这事儿。"

随楠："……"

马涛接着说："其实吧，不是周胖子听不得，他主要是怕再次激发了某人那颗不怕死的冒险的心。那回雷鱼两根手指骨折，还好没截肢，胖子当时哭天抢地，你要是见着那画面相信你也一定会记忆犹新的。”

随楠看向迟俞的手。

他的手掌很宽大，手指修长漂亮。但是她完全没看出来那双手有过受伤的痕迹。

迟俞注意到她，伸出手晃了晃说：“恢复得还不错，没有任何后遗症。”

车手有点伤真的是家常便饭。

随楠的目光转向迟俞的侧脸。

因为身处这个圈子，在随楠看来越顶尖的车手，其实越有那么些大无畏的精神。

有的会觉得某天在赛道上死亡才是自己的归宿。

接触这么久，随楠其实一直没有发现迟俞身上也有这样的特质。

这是个喜欢冒险，并且敢于去做的人。

随楠说不清楚自己这一刻的复杂心情。

她是一个因为脚伤不能骑摩托车的人，她懂得失去的感受是什么样的，但是这一刻，她无比虔诚地希望，这个叫雷鱼的车手可以一直向前。

随楠想起了上午他和唐教练手底下的小孩儿说的话。

开心就好。

随楠希望他能真的，并且始终如他自己所期望的那样。

那个洒脱的，在赛道上一往无前的雷鱼，开心就好。

第七章

/ 你要不要和我试试看?

宁波站的比赛过后，随楠进入紧张的备考状态。

而彼时，周凯终于学满归国。

大清早，俱乐部的门铃被按响的时候，是随楠去开的门，周凯拎着个大行李箱站在门口，见着随楠就张开怀抱说：“老子终于回来了！来，闺女咱抱个。”

周凯话音刚落，一只拖鞋就从里面飞了出来，擦过随楠的手边刚好砸在他凸起的肚皮上。

里面传来迟俞的声音说：“到处给人喜当爹，随楠，关门。”

“雷鱼你个王八蛋。”周凯扔了箱子直接骂开了，声泪俱下，“我刚千里迢迢赶回来就受到了这样的待遇，我都是为了谁啊，你的良心是被狗给吃了吗？”

随楠打开门让他进屋吵。

周凯一个原地弹跳，进门就直接朝着背靠着沙发坐着的迟俞生扑过去。

迟俞向来像背后长了眼睛，一个偏身躲开，回头似笑非笑打量了下周凯说：“又胖了？”

“屁！瘦了。”周凯伸出四根胖胖的爪子，“四斤，昨天晚上刚称的。”

“没吃晚饭前吧。”迟俞冷酷无情揭穿他。

周凯作势要掐死迟俞，说：“你这种人将来是要到佛祖面前好好忏悔，不然要打入十八层地狱的。”

周凯的归国总的来说是个好消息，他嘴上说：“为避免大权旁落，我宣布从今天开始，收回经理一职，随楠转做行政。”

其实这和随楠之前做的并没有多大差别。

她知道周凯完全是想让她好好备考，所以也就基本放下了手头的事，为六月底的考试做准备。

她的学习强度一再加大，复习到三更半夜是常有的事儿。

比她天天盯训练、安排赛程这些事儿还要累。

她那天一大早在走廊里遇见刚刚打开门的迟俞。

他盯着她的脸看了几秒钟，突然皱眉问：“最近是不是瘦了？”

“没有吧。”随楠摸了摸自己的脸毫无所觉。

但那天早上，她在某人的视线里，硬生生多喝了半碗粥，外加一个馒头和一个鸡蛋，差点没撑得吐出来。

正式考试的前两天，所有人都在叫随楠放轻松。

原本因为做了无数习题，还算淡定的随楠，愣是被说得又紧张起来。

到了考试的头一天夜里，随楠躺在床上一边撸西西一边温书，迟俞端着一杯牛奶进来的时候，她没有动。

“又喝啊？”随楠皱着眉看着餐盘里的玻璃杯。

因为一群大老爷们儿比她这个当事人还紧张，搞得俱乐部里的阿姨跟着神经兮兮的，各种营养餐外加睡前一杯牛奶，半个月了，雷打不动。

今天她故意没喝，还是被发现了。

迟俞往床上看了一眼就稍稍偏开视线，平静道：“救不了你，阿姨指名道姓让我拿上来盯着你喝完。”

迟俞把杯子放在床头，眼神不再往下。

因为随楠刚刚洗完澡，就穿了条短裤。

她一双细长白净的腿搭在被子上，西西就窝在旁边，尾巴在腿上扫来扫去的，这画面视觉冲击力有点强。

随楠这会儿注意力全在牛奶上了，难得有点求饶地看着迟俞说：“要不你帮我喝？”

“不帮。”迟俞道。

他走近了，像是不经意掀起被子一角，往随楠的腰臀处一搭，屈起指关节敲了敲玻璃杯说：“喝完，别从窗户往下倒，我会知道。”

随楠无语了。

看着转身要出去的迟俞，随楠连忙说：“等等。”她自知逃不过，端起杯子一口气喝完。

然后，她伸手说：“顺手帮我拿出去，谢谢。”

“懒死你算了。”迟俞看了她两秒，伸手接过她手里的杯子，一副等着她考完了算总账的架势。

随楠不怕迟俞，不过她仰着脸的时候，原本站直的迟俞突然弯腰。

他的手指抬了一下随楠的下巴。

随楠顺着他的动作越发仰高了一点儿，蒙了，睁着眼睛看着他。

紧接着，迟俞的指尖擦过随楠的嘴角，哑声开口说：“沾上了。”

随楠条件反射一样咽了咽唾沫。

迟俞的眼神和动作里都有某种危险的信号，两人的距离很近，气氛很暧昧。

随楠因为自己对迟俞的心思不再像是最初那样纯粹，所以才会觉得哪儿哪儿都不对劲。

她知道，自己没办法用平常心面对这个人。

他一靠近她就会心跳加速，会害羞，但是又会忍不住想要更靠近。

随楠没喜欢过什么人。

这样的感受新奇又觉得很折磨人。

就在随楠以为迟俞或许打算做点什么的时候，他直起身，说："很晚了，早点睡，这个时候你需要的是睡眠，而不是继续看书。"

果然，想太多了。

随楠"嗯"了声。

不过，随楠没有发现，迟俞显然离开得也很匆忙，像是迟了点下一秒自己就会忍不住做出什么来。

迟俞刚出去，就被周凯撞上了。

那家伙脸色骤变，颤抖着指尖指着迟俞说："雷鱼，现在可是晚上十点多，这个时候你为什么会从我闺女房里出来？你个杀千刀的浑蛋！"

迟俞懒得搭理他，侧身离开。

走了两步，迟俞又很快停住，回头说：“下次再让我听见你自称她老子，我就废了你。”

“关你屁事哦。”周凯说，“我找来的人，我隔着大洋彼岸耐心教育了这么久的苗苗，这眼瞅着就要自考踏入人生新征程了，这种心情你懂吗！”

迟俞冷笑了声。

周凯被他笑得汗毛四起，瞪他：“你笑什么？”

“没什么。”迟俞说，“就提醒提醒，这爹你可当不起。”

“神经病啊。”周凯看着迟俞的背影骂了句。

随楠第二天起了个大早，整理好自己要带的东西下楼。

客厅里除了阿姨就只有迟俞一个人。

随楠惊讶地问：“今天不是没训练吗？怎么起这么早？”

迟俞拿了个碟子放在对面，说：“快点过来吃，吃完了我送你过去。”

随楠简直受宠若惊，坐下说：“不用了，我可以自己去。”

“哪那么多话，吃你的。”

随楠：“……”

就算是好心接送，这语气也送得让人开心不起来的。不过自己喜欢上的人，只能忍了。

随楠快速吃完早餐，跟着迟俞上了他的车。

迟俞的四轮座驾一向很少使用，基本都放在车库里吃灰，主要是因为太高调。不过当他开着车滑到随楠身边的时候，随楠迟疑了两秒还是上去了。

她一边扣着安全带，一边说：“我有预感，今天出现在考场门口，我可能就会一战成名了。”

迟俞踩下油门，说：“不，只会有很多人问你旁边的帅哥是谁。”

随楠觉得这人脸皮真厚，但事实上，以上两种情况一种都没有出现。随楠在距离考场还有两分钟车程的地方堵了半个钟头，眼看着时间快要来不及了，她决定下车跑过去。

打开车门的时候，迟俞叫住她。

“怎么了？”随楠再次转头看着他。

迟俞伸手拍了拍她的头顶，给了一个很认真的微笑。

他说：“好好考，加油。”

随楠在脸烧起来的前一秒，转头开门夺奔而出。

考完试，随楠终于有种松了口气的感觉，她答题感觉良好，很多重点都在迟俞的勾画范围之内，放在高考场上，就是活生生一押题大神。

估计是受了某种大神气质的影响，随楠考完就将这件事抛诸脑后，完全不去回想了。

刚出考场，她就接到了电话。

车队那边刚结束一场训练赛，在老地方吃饭，让她过去。

随楠打车直奔目的地。

结果刚进去就被爆开的香槟喷了一脸，一群人大喊：“恭喜！解放啦！”

随楠抹了一把脸，夺过汤益阳手里的香槟转头报复一样往其他人身上倒，一时间里面混乱不堪。

随楠直直撞进迟俞的怀里时，下一秒手上的香槟就被人拿开。

她的下巴磕到了他外套上的金属扣子，皱着眉抱怨：“痛。”

迟俞伸手替她揉了一把。

随楠闻到了他掌心淡淡的酒香，一瞬间恍惚起来。如今回头看，对比她只身一个人来到怀城的时候，她已经默默走了这么远了。

她认识了这么多很优秀的人，开启了不一样的人生阶段，找到了她的灯塔和目标。

那天随楠喝了酒，号称千杯不醉的人到最后竟然也有些犯晕了。

随楠第一次见到了李立骞的媳妇，进来带人的时候，老大哥一样的人物竟然抱着老婆好一通腻歪不撒手。

车队里的人显然早就见惯了这场面，反而是对方看着随楠一个女孩儿，就对迟俞皱眉说：“你们一群大老爷们儿平常怎么闹就算了，怎么能让她一个女孩子喝这么多？”

随楠笑了笑，最后竟然扯着人叫姐姐。

这一通操作看得旁边的迟俞愣了好一会儿，最后只好抱过随楠，说：“嫂子，你先带队长走吧，我会照顾好她的。”

“那好好照顾啊，回去给她喝点醒酒汤。”

“放心。”

把人送走了，迟俞才在混乱的包厢里，捏了捏随楠发呆的脸。

见她半天没反应，迟俞好笑又好气道：“原来你喝醉了是这个样子，是随便逮着人就叫人姐姐吗？”

随楠一巴掌拍开他的手。

她没喝醉过，也不知道自己喝醉了是什么模样。

她只是觉得骞哥的媳妇看起来就是很好很好的那种人，很亲切，身上有种让人忍不住想要靠近的气质。

随楠突然想到了奶奶，她很久很久都没有想起过奶奶了。

她觉得自己好像有点难过了。

包厢里除了喝醉的马涛，就剩下迟俞和半清醒的随楠。

汤益阳刚刚架着周凯出去了。

包厢里很安静。

迟俞看着明明前一秒还很好的女孩儿，就那样猝不及防红了眼睛，第一次体会到手足无措是什么样的感觉。

他完全不知道发生了什么，蹙着眉小声问：“怎么了？刚刚捏疼了？”

随楠“嗯”了声。

随楠通红的眼角，一副憋着不肯哭的样子，看得迟俞又心疼又好笑。

他的手揽着她的后脑勺，凑近了，轻轻在她脸上吹了吹。

她的脸抵在迟俞的手掌里，闭着眼睛说：“迟哥，我想回家了。”

迟俞愣了好一会儿。这个时候才终于知道自己到底忽略了什么。

眼前这个姑娘，十八岁一个人走进了YNG，走进了他的生活。他知道她师承薛起朝，和薛起朝的儿子薛亦梁关系很好，知道她曾经也骑着摩托车驰骋于赛道，后来因为腿伤与职业车手失之交臂。

他知道得不少，但是说起来其实也不多。

至少，他从来不曾见她主动说起过父母，不曾提到过家。

迟俞最后把随楠抱起来，说："好，迟哥带你回家。"

随楠手挂着迟俞的脖子，脸埋在他肩颈的地方，被迟俞带着出了饭店。

刚好撞见把周凯送上车回来的汤益阳，他一看这架势连忙说："迟哥，我来吧。"

迟俞："不用，去把马涛弄出来。"

汤益阳连忙应了，继续往里面走。迟俞把随楠带到了车旁边。

随楠在车边站定。

就在这个时候，带着醉醺醺的马涛出来的汤益阳，在饭店门口撞了另外几个喝了酒的人，明明说声对不起的事儿，不知怎么就动了手。

迟俞让随楠待着别动，转身往出事的地方跑过去。

对方三四个五大三粗的大老爷们儿，酒气熏天，汤益阳还在一个劲儿道歉，而对方明摆着找麻烦。

喝了酒的马涛那也是个硬茬子，挣开汤益阳，拎着旁边的一个凳子就朝着面前的人砸过去，双方就这么打起来了。

迟俞刚拉着汤益阳躲开一个男人的拳头，下一秒就觉得耳边一阵风掠过。

看清楚冲过来的人是谁的时候，迟俞脸彻底黑了，两三步过去竟然没拉住人。

随楠恍惚中又觉得自己回到很久很久以前在街上和别人打架的时候。

她站到正猛烈攻击马涛的那人的身后，二话没说，拎起一啤酒瓶直接砸那人脑袋上了……

再一次坐在警局的长凳子上的随楠，知道自己这次彻底惹祸了。

和被潘柏艺粉丝骚扰那次的境况完全不同，这次属于喝酒寻衅滋事，唯一还算好点的，就是他们不是最先挑起的一方。

所以对方负主要责任。

随楠的小臂上缠了一圈白色绷带，等处理完一切事情的迟俞过来的时候，她始终没敢抬头和他说话。

马涛这会儿酒都还没醒呢。

迟俞让汤益阳带着其他人先走了。

车里只剩下随楠和迟俞。

车子迟迟没有开动，随楠仿佛听见了迟俞的叹气声，他说："抬头。"

随楠就听话地把头抬起来，但是也没看他。

迟俞再次说："看着我。"

随楠不得不迎面对上他的目光，没想象中的训斥或者不悦，他的表现堪称平静如水，扫到她的胳膊的时候问她：“还疼吗？”

随楠摇头：“不疼。”

不过，迟俞这态度吊得随楠心里七上八下的，她自己先忍不住了，直接说：“你要骂我就直接骂吧，别攒着了，气的可是你自己。”

“谁说我生气？”迟俞看向她，“还有，谁又说我要骂你？”

他打开车内的储物箱，拿出一条干净的毛巾折叠好，放在随楠的胳膊底下，示意她垫着。

随楠刚想说这还不如痛快给她一刀，就听见迟俞说：“下次打架别自己动手。”

这好像和想象中有点歧义。

随楠：“那不动手吃亏了怎么办？”

“你还来劲是吧？”迟俞看她。

随楠彻底闭嘴，然后又听见他说：“还有，别动不动就想着替别人出头，一天天逞什么英雄。”

迟俞的手覆盖在了随楠受伤的手臂上，拇指轻轻摩挲着绷带的表面，他像是思考了很久，然后才缓缓说：“本来今天是个不错的时间，你刚好考试完了，而车队国内赛的比赛也基本告了一段落。”

迟俞说着，又无奈道：“没想到发生了意外。”

他说：“我车技还行，以后后车座只留给你。猫狗随便你养，陪睡陪聊陪吃喝，我经济基础还行，所以，你要不要……试试？”

随楠不仅仅是蒙而已，原本都准备好面对严厉批评教育了，结果直接来了这么一出。

随楠明确自己是喜欢这个人的，但是因为过于惊慌，在他注视的目光里，她最后说：“我想想。”

“好。”

随楠刚松口气，迟俞便说：“两分钟，想清楚了就开车回去。”

随楠好笑道：“这意思是我要是没想清楚，今晚估计就得暴尸荒野？”

迟俞看了看表：“还有一分四十六秒。”

哪有人告白告得这么蛮横不讲理的？

不过，随楠确实慌了，她也不知道自己到底在慌什么，但是就莫名其妙觉得很慌张。

迟俞：“五十八秒。”

“停！”随楠不敢置信地看着他，“你作弊了吧，哪有这么快？”

“四十秒。”

迟俞每报一次数就往随楠这边挪近一点，眼瞅着随楠被挤在座位上，已经没剩下多少空间。她的手拽紧了迟俞胸前的衣服，咽了咽唾沫。

迟俞的脸几乎贴近了她的脸。

“好，时间到。”他问，“你的答案呢？”

随楠刚张嘴就被迟俞的手捂住了，他上身压着她，低声说：“你只有一次机会，我可不是听你说否定答案的，所以想清楚再回答。”

这已经是威胁加逼迫了，他从头到尾就没有打算给随楠拒绝的机会。

迟俞松开手，随楠没说话。

他又靠近了一点，他们鼻尖贴着鼻尖，气息交融，和她的唇只隔了分毫的距离说：“快点回答，再不回答我就亲你了。”

随楠的手撑在迟俞的肩膀上，扬着脖子忍不下去了，立马笑着挣扎道：“好了好了，我答应了，你——”

迟俞这家伙说话根本不算话，剩下的话牢牢实实被堵了回去。

随楠睁大眼睛，一下子捏紧了迟俞的衣服。

迟俞并不粗鲁，甚至可以称得上是温柔。

他抱着随楠，保证她躺在自己的怀抱下，而且小心避开了她受伤的手，一点点攻城略地，直到她彻底瘫软在他怀里，水红着一双眼睛依附着自己。

那个第一次见面就不停和自己呛声的女孩儿，此刻化为怀中如猫咪一样的存在。

他保持着抱人的姿势，右手撩开随楠额前的头发，绕了两圈松开又再挑起。

随楠被发梢扫得想躲，伸手去抓他的手。

迟俞又低头在她鼻尖上亲了亲。

随楠心里发软又热烈滚烫，她没有想过那个少年成名的车王，如今 YNG 车队的队长，无数后背仰望的存在，那个一次次在赛场上创下纪录不断突破的雷鱼会逼着她在小小的车厢内，让她答应求爱。

随楠觉得很虚幻，她问："你喜欢我什么？"

迟俞想了想。

"刚见你那会儿觉得挺有个性。

"年纪不大，脾气不小。

"后来就觉得你穿着睡衣窝在沙发上的样子跟西西挺像的。

"怼人的时候嘴巴也挺利索。

“认真给队友分析赛场情况的样子很认真。

“打架的时候超凶。

“㞞的时候认错比谁都快。

“这么一说好像挺多啊，可真要说起来自己也不知道为什么，大概就是喜欢吧，喜欢就是喜欢，哪有那么多理由。”

他认真分析了这么一通，最后又用了一个很没有概念的话做了总结，但是随楠并不介意。就如同她喜欢他，也找不出那么多具体的理由。

爱，本身就没有理由。

对于YNG在饭店门口和人打了一架，甚至进警局一事大家都做好了承受各方雷霆之怒的准备。

但是最后除了被扣了钱，这事儿就这么悄无声息地过去了。

那两天马涛见了迟俞都绕道走，最后发现他并没有秋后算账的意思，而且心情貌似还不错，都为之惊叹不止。还是周凯得出一结论。

周凯对着随楠说：“感谢女侠舍身救我等狗命也！”

随楠：“客气。”

虽然她并没有舍身，就舍了个吻。

随楠和迟俞对恋爱的事情没商量过到底是要公开还是保密，

其实二者也没多大差别，他们都在俱乐部，吃住都在一起，和平常并没有什么区别。

但周凯始终坚信这是革命友谊，所以等外界把迟俞和随楠在一起的传言传到俱乐部里的时候，周凯终于惊觉自家房子塌了。

整栋楼里都充斥着他愤怒的号叫——

“雷鱼！当初是谁跟我说不恋童的！你个禽兽！”

而拿着水杯从旁边路过的马涛，好心提醒：“胖子，谁都知道随楠成年了，而且你也不看看她那腿、那腰，哪点像未成年了？”

迟俞眼光一向不错。

周凯痛心疾首。

他说：“我当初就不应该相信他！十八岁，花一样的年纪，怎么就落到了雷鱼那么一浑蛋手里了！”

马涛拍了拍他的肩膀安慰：“淡定一点，你想想将来要是等随楠完成学业，你再放出去，外面的狼那可都是真狼，落雷鱼手里怎么了，好歹自家人。”

周凯一想好像还挺有道理，也就不号了。

彼时的随楠和迟俞正在旁边的一栋楼里。

随楠最近考试完，车队没什么事情，一切都很放松。

而迟俞正在组装自己的战车。

会玩摩托车的人大概多少都会对自己亲手组装一辆战车很感兴趣。组装室里，一辆摩托车的雏形已经初露，随楠在旁边帮忙递零件。

迟俞今天穿了一身连体工装，显得整个人的身材比例几乎完美。

他仰躺在摩托车底下，一条腿屈着，动作认真。

随楠在旁边蹲了会儿，手机突然响起来。

是薛亦梁。

两人最近联系并不频繁，而且随楠听说他最近正被某大佬女粉丝疯狂追求的传闻，不过随楠并不会真的去打听这是真是假。

“怎么了？”随楠问。

薛亦梁：“楠楠，老薛摔伤了。”

随楠想，薛亦梁最近应该联系过老薛了，不然老薛摔伤他怎么知道。

随楠立马从地上站起来，急道：“怎么样了？严不严重啊？”

“你先别慌，不严重，就是伤了腿，行动不方便。”

随楠决定回去一趟。

薛亦梁也得走，不过他因为有比赛，所以估计会晚两天。

随楠挂了电话，发现迟俞不知道什么时候从车底下出来了，这会儿一边摘着手套一边和随楠说：“我都听见了，车票估计会很晚，我安排车，你别急。”

随楠明明还有点找不着方向的感觉，但是迟俞一开口，就好像什么事都能过去的样子。

她的心一下子就定了。

随楠快速拉着行李箱从楼上下来的时候，其他人才知道她得回老家。

因为最近经常有训练赛，大家也都只跟她说了注意安全。

随楠在俱乐部和迟俞匆匆告别。

随楠到达县城的时间是第二天下午两点，下了车，熟悉的感觉扑面而来。

每个地方似乎都有每个地方独特的气息，这是随楠熟悉的地方，她熟悉这里每一寸土地——车站、书店、小吃街。

这边的天气最热的时候也赶不上怀城的夏季，天空的雾霾很重，像是下雨了。

街上人不多，生活节奏非常慢。

随楠到达老薛的店门口时，发现没有人在，卷帘门也关上了。

旁边有人认出随楠，好奇道：“你是薛老板家的那个吗？”

随楠只觉面熟，但是想不起来对方是谁。她指着紧闭的房门说：“你好，你知道他去哪儿了吗？”

“不知道。”对方说，“你是因为薛老板摔伤了回来的吧？前两天虽然做不了事情，但是都有年轻人过来帮忙把大门打开的，薛老板也在。今天不知道为什么没开。”

随楠知道对方口中的年轻人估计就是黑狗他们。

她刚跟对方说了声谢谢，不远处的路口就传来兴奋的声音，喊她：“楠姐！这边！”

其实，仔细算来随楠离开的时间也没有多长，但大家似乎都变化了不少。

黑狗白了一点，似乎也长高了。

他兴冲冲地跑过来，随楠问：“老薛呢？”

“哦，他非要买街角转弯那家小吃店的零食，而且还得自己去，我就带他过去了。不过我这不是忘了带钱嘛，所以回来取。”

随楠陡然间想起很多以前的事情。

老薛坚持去买的那家零食店，是随楠很小的时候经常和薛亦梁一起光顾的那家。尽管他们早就长大了，连自己都忘了自己小时候喜欢吃什么，有人替你记着的感觉特别好。因为听说你要回来，受着伤都要亲自去替你买回来的人，这个世界上也就只剩下老薛了。

随楠最后直接拎着箱子去接的人。

老薛就站在街道拐角的地方。

他一条腿上打着石膏，拄着手拐，还是那副样子，见着随楠笑着说了句：“回来了？”

就好像她不是离开此地去了很远的怀城，而是像很久以前的某个平常午后，开着摩托车出去兜了个风。

他打量着随楠，笑着说：“变漂亮了。”

随楠把行李箱递给黑狗，走上前去搀老薛，说：“你这怎么伤的啊，这么不小心？”

“老了吧，从楼梯上摔了下来。”

随楠至此发现环境有的时候真的很能影响一个人。

对比唐天波，老薛是真的老了不少，无论是生理还是心理上。薛亦梁那几年不怎么听话，让他操了不少心，后来随楠的腿又出了问题。

随楠看着他如今拄着拐杖的样子，心里有点难受，不过嘴上说：“你这才到哪儿了。”

她换了个话题道：“梁哥也要回来的，不过他有比赛，得过两天。”

后来她又说起这段时间的经历，说起薛亦梁在腾跃越来越受到重视，他实力是有的，徐天很看重他。

到了老薛身边，随楠好像有说不完的话。

老薛有时也听得跟她一起笑。

说到薛亦梁的时候，他终于露出了点老父亲般欣慰的样子。无关乎成绩，只是儿子终于在变好，他就放心了。

随楠奶奶留下的房子卖了以后，老薛就在自己家里特地给随楠布置了一个房间。

就在修理店的楼上。

她的房间还完全保留着离开时候的样子。她先给老薛烧了水，让黑狗把行李箱放进房间后才开始收拾起来。

老薛坐在沙发上，说："你们其实不必特地跑回来一趟，我又没什么大问题。"

"那哪成，放你一个人我们也不放心啊。"

黑狗那小孩儿虽然是老薛的学徒，但他又不能时时待在这里。

随楠一边和老薛闲聊一边打扫了一圈。

她刚擦完桌子的时候，手机响了。

迟俞的电话。

随楠也没避着老薛，应了声："喂。"

“到了？”迟俞的声音低沉，周围很安静，估计是在房间。

随楠说：“到了。”

迟俞：“薛叔叔没事吧？”

……

随楠和迟俞打完电话的时候，发现老薛一直盯着自己，见她挂断，他问：“男朋友？”

随楠没打算瞒着，“嗯”了声。

“你倒是老实。”老薛说，“这些事儿我也不适合跟你说太多，毕竟我自己就是个婚姻的失败者。但是楠楠，任何时候都要保护好自己，有机会，带他回来看看吧。”

随楠点点头应了。

晚上，躺在收拾好的房间的床上，明明是睡了很久的熟悉的地方了，她却迟迟没有睡着。

她拿过手机给迟俞发消息：“睡了吗？”

那边回得很快：“没有。”反问，“你刚跑了那么远，又收拾了一下午不累？”

“累啊，但是睡不着。”

紧接着，一个视频请求就过来了。

随楠点了接通，下一秒手机屏幕里就是迟俞那张放大的帅脸，他似乎是刚洗完澡，头发还带着湿润。

他看着镜头问她："睡不着？想我了？"

镜头里的背景是随楠很熟悉的迟俞的房间。

随楠此刻听着他的声音，看着他的脸，明明连二十四小时都不到，但是此刻只能在手机里看着彼此，这让她生出了一种名叫思念的情绪。

她小声说："想了。"

迟俞明显愣了会儿，然后笑了。

他说："你是因为睡不着，所以故意也想让我睡不着是吧？"

两人打了半个小时的视频通话，明明感觉也就一会儿的时间，也没说什么实质性的问题，时间就不知不觉过去了。

随楠估计得在老家待一个星期左右。

两天后，原本该到达的薛亦梁还没到，反倒是有出乎意料的人到了。

大清早接到迟俞电话让她下楼的时候，随楠都蒙了，她没穿鞋跑到窗户边，果然就看到楼下穿着短外套站着的人。

随楠拿着手机半天没说出一个字来。

她后来套了鞋急匆匆冲下楼，站在迟俞面前了，才觉得真实了点。

她问：“你怎么会来？不是说还有比赛吗？”

“都结束了。”迟俞笑着冲她张开手臂，“过来。”

随楠就那样撞进他怀里。

迟俞收紧了手抱住她。

这里毕竟是小地方，大清早就在楼下搂搂抱抱一下子吸引了不少人偷偷观察。随楠还穿着睡衣，反观迟俞，身高腿长，站人堆里都有种鹤立鸡群的感觉。

有隔壁的大婶笑着说：“楠楠，这是你男朋友啊？”

迟俞倒是先一步冲对方点头问好。

那大婶眉开眼笑，说：“小伙子长得挺帅的。”

随楠带迟俞上楼见了老薛。因为有唐教练这层关系摆在这里，迟俞对老薛来说是至交老友的徒弟，这也间接省去了他和随楠交往而需要被考验的过程。

迟俞在外面订了酒店，那时候随楠才知道不仅仅是他来了，马涛和周凯他们全部来了。

看望老薛的礼品是让他一起带来的，那些人其实也就是趁此机会想出来玩一趟。

随楠说：“这边其实没什么特别好玩儿的地方。”

“不用管他们，他们就是扎堆凑热闹的。”

迟俞和薛亦梁几乎是前后脚到的。

薛亦梁打开门看见客厅里的某个男人的时候差点以为自己瞎了，连亲爹都没来得及第一时间去问候，迟疑道：“迟哥？”

“嗯。”迟俞显得比他这个主人还自在，“我顺道来看望看望薛叔叔。”

至此，一场隐秘的尴尬大戏就此上演。

老薛属于不管他们年轻干什么都由着他们自己去解决的态度，两耳不闻窗外事。而薛亦梁身为老薛的儿子，此时面对着迟俞这么个不速之客，一时间都不知该如何面对。

中午饭的时候，迟俞在客厅和老薛说话。

随楠和薛亦梁在厨房里弄吃的。

薛亦梁：“我没想到你这么快就把人带回来了。”

随楠：“他就是顺道来的。”

随楠示意薛亦梁把土豆递给自己，薛亦梁问她：“他待几天？”

“不知道。”

“住哪儿？”

“酒店。”

至此，薛亦梁明确表示这几天随楠只能住在家里，晚上不许出去。薛亦梁听见客厅传来的谈话声，顿了顿，和随楠说：“这是作为一个哥哥，我对你的要求，别忘了，你还小，之前放你在

YNG 俱乐部我就说不安全。”

厨房里气氛和谐温馨，随楠知道薛亦梁是真的放下了。

随楠说了自考的事情，后来随楠还是问了句关于他被某女粉狂追的事情。薛亦梁说都是乱传的，但是随楠看他的眼神知道，这事儿不简单。

他们都各自朝着不同的方向在往前走。

到了今天，他们依然能像小时候一样挤在一间小厨房里一起做饭。

没弄丢彼此，是幸运的。

吃完饭，随楠带着迟俞进了自己的房间。

她的小房间和俱乐部里的那间大小肯定是比不了，但也布置得干净温暖，迟俞很高，站在这里的时候都让人觉得空间压缩了不少。

他走过去在床头拿起了两张照片。

一张是连随楠都没什么记忆的父母，抱着当时还是婴儿的随楠照的，上面还有奶奶，一张她骑摩托车的照片。

随楠把脑袋枕在他膝盖上和他讲了讲自己的过去。

讲她奶奶做的饼，讲街头巷尾留下的自己风一般女子的传说，讲她和人打架，后来遇上老薛。讲自己受伤后如何度过那段时间，讲自己的学生时代。

对比迟俞一条路走到底的纯粹，随楠的过去像幅色彩斑斓的油画，形状和颜色都很多，组成了如今迟俞面前的这个随楠的样子。

迟俞抱着她靠坐在床头，说："谢谢你。"

"谢我什么？"随楠仰头问他。

迟俞勾着嘴角说："谢谢你不畏惧长大，最终来到了我身边。"

从此，他将护她周全。

房门再次被敲响，迟俞抬眸往门的方向看了一眼说："这薛亦梁存心的是吧？"

随楠笑得眼睛弯起。

对方每隔十分钟敲一次门，彻彻底底履行着作为一个哥哥的职责。

迟俞摸着随楠的头发，问她："晚上要出去吗？"

"估计不行。"随楠笑着说，"我有门禁。"

"什么时候的事儿？"迟俞问。

"就中午在厨房的时候。"

迟俞的脸色彻底黑了，他说："我就说你们嘀嘀咕咕说了那么久都在干什么。老实交代，你还有没有答应其他什么不平等条约？"

随楠跳起来，避开他的动作说：“我去开门。”

结果，随楠的手还没有摸到门把手，就被人从后边拽了一把。

随楠被迟俞拉得一个转身。

他把她压在门上，低声看着她说：“不许开。”

“你干吗？”随楠同样压低了声音问他。

迟俞钩着她的下巴，说：“不干什么，我只是打算在此时此刻吻你。”

这间不大的卧室里有着随楠好几年的记忆，如今隔着一块门板外边就有人，但迟俞就在这里将她抵在门上放肆亲吻。

随楠的呼吸乱了，她紧紧拽着迟俞的衣角。

而门外敲门声再次响起，因为这一次没有得到回应，所有敲的次数越发频繁。

随楠觉得自己要疯了。

因为每敲一次门，迟俞的吻就更深一些，他的手沿着随楠的腰间缓缓滑动摩挲，下一秒揭开衣服下摆贴上了随楠光滑平坦的小腹。

随楠一个哆嗦，去抓他的手，含混道：“迟哥，别……”

迟俞就真的只是贴着她，没再进一步动作。

第八章

/ 她载誉而归的爱人

随楠晚上自然是真的没有出门，但是第二天她就接到了 YNG 其他队员的电话，说他们打算去城边的雾尧镇去旅行，让她带路。

随楠去过雾尧镇，不过也都是好几年前的事情了，是学校组织的，基本是踩了个点就被大巴拉着拖回了学校。

不过最后随楠跟老薛打了个招呼，还是出门了。

他们一行人没有租车，每个人从老薛的店里开走了一辆摩托车。

随楠在路边等到迟俞。

他摘下头盔，拍了拍自己后车座：“上来。”

随楠就上车抱住他的腰，车子快速往前蹿出去。

毕竟是公路不是赛道，这群车手难得规规矩矩地压着速度一路朝着雾尧镇的方向而去。

随楠没有这样和迟俞出来过，她贴着迟俞的后背，穿过街巷马路，上了通往小镇的无名路。

摩托车陡然间提速，随楠环抱着他的腰，路边熟悉的景致不断倒退，让随楠找到了曾经一个人放肆在马路上飞驰的感觉。

这次又有些不一样。

她不是一个人，有人挡在身前，把控着前行的方向。

这群人跟疯了一样，嗷嗷一阵瞎叫，弄得路上的人频频朝他们回望过来。

马涛逆着风大声说："这上公路和比赛果然感觉还是不同，爽！"

他一只手把控着方向龙头，看得原本坐在汤益阳身后的周凯一阵心惊肉跳，嘶声喊道："马涛，你给老子悠着点啊！这时候摔死摔残可是不会有保险的！"

随楠抬眸，下巴磕在迟俞的后肩位置。

今天的车王四平八稳，可不像平时的他。

随楠说："迟哥，我不怕的。"

因为两人贴得近，随楠即使声音不大，迟俞还是听见了。

他当然也知道她是什么意思。

不过，迟俞偏了一下头说："你在后面，没什么比安全更重要。”

随楠想起了马涛曾经说过那个参加曼岛 TT 赛事的雷鱼，她没想过自己有一天也会成为他的顾忌和软肋。

但是随楠也庆幸自己能占据那样一个位置。

从此，他在任何赛道上，一往无前的同时还能有想要回头停靠的理由。

他们中途在一片宽阔的山顶路上停了下来，拍了点照片。

迟俞一个月更新不到一次的朋友圈再次刷新。

这次发的既不是西西也不是狗子。

他发的那张照片是张远景照，所有人都在。

迟俞靠在路边的栏杆最边上的位置，而他揽在怀里的人是个短发的明艳少女。

那个瞬间她笑得肆意张扬，侧脸纯净明亮。

眼里的人，是迟俞。

随楠这段时间加了不少车手的微信，刷到迟俞这条朋友圈的时候，下面的评论已经堆起了老高。

“你看看你身边那群单身狗哥们儿，这么虐不合适吧？”

“骚还是你雷鱼骚。”

“景色不错啊，什么地方？”

“亚锦赛近在眼前，这个时候浪，明天头版雷鱼飘了的报道送给你。”

……

随楠什么都没干，就默默点了个赞。

雾尧镇是个历史悠久的古镇，但这几年商业化很严重，大部分建筑都已经重新翻修整改，失去了原本的味道。而且名气也没有打出去，所以来这边的人并不是特别多。

他们一行人开着车在街上晃了一圈，他们这些男的对各种瓷器和挂件没丁点兴趣，很快就问：“周边就没有其他更好玩的地方？”

刚好他们问的时候，旁边有别的游客问：“你们来玩的？”

“对啊。”马涛说。

那人道：“这地方其实也就骗骗外地人，没什么逛的价值，你们要是不赶时间我推荐你们去一个地儿。我朋友的，平常就自己做做菜，也提供住宿，但是他只接待朋友，不公开对外开放。”

汤益阳奇怪了，问：“既然不对外开放，那我们也就刚认识吧？”

那人哈哈爽朗笑了两声说：“见面即是朋友，而且我认识你们，YNG 的是吧？”

这下明白了，这人是个摩托车发烧友，对他们并不陌生。

本来他们也没计划要去哪儿，最后就答应跟着前去看看。

发烧友这朋友的地儿还挺偏僻的，距离古镇差不多两公里的路程，是一栋建在半山腰的私人别墅。

环境和视野都很好，风是清凉的。

很适合避暑。

这里的主人是一对四十多岁的夫妻，男的说平常就爱好点什么古玩字画，他自己说是自娱自乐，但有点眼力见的人都能看出对方以前绝不是普普通通的人，估计也是在都市混迹沉浮了一些年，最后才决定到这边来生活。

没有人那么不识趣去挖人隐私，主人做了一桌子菜，大家喝点酒，躺在檐下吹吹风。

随楠和女主人聊得挺投机。

女主人看出来随楠和迟俞关系不一般，说这里房间有限，问她晚上介不介意和男朋友一起住。

问这话的时候，随楠察觉迟俞往这边看了看。

也不知道他是不是听见了。

随楠见过这房子的卧室构造，都是那种日式的滑门，直接睡在地板上那种。一个房间两个床位，就他们目前的人数上来说，随楠不可能一个人住一间。

而主人家睡的地方在后边的小楼。

她根本就没有余地不答应。

随楠说：“没关系。”

随楠对男女之事向来粗线条，最开始认识迟俞那会儿，他还说她逃了生理课。

如今身份转变，随楠觉得自己在这方面比以前敏感很多。

不过只是住一间房而已。

他们男的聊天都聊到很晚，晚上十一点左右，女主人去睡之后，随楠就跟着上楼。

她没带换洗的衣服，女主人贴心地给了她一套新的。

随楠看着镜子里穿着吊带露出圆润光洁肩头和锁骨的自己，发现这套衣服似乎有点暴露了，当时人家给她的时候也说这是最后一套新的了，很抱歉。

随楠在卫生间拉了拉肩膀的带子，还是光脚出去了，然后和拉开门正进来的迟俞撞了个正着。

随楠被他看得有点不自在，问他：“其他人都睡了？”

“嗯。”迟俞应了声，然后说，“把被子盖上，别着凉。”

随楠低头看了看自己胸，承认了，她根本就性感不起来。

她让迟俞去洗澡，然后自己到被子里躺下裹起来。

迟俞出来的时候，随楠虽然闭着眼睛但是根本就没有睡着。

房间里是暖黄的光，有些暗，有种朦胧的感觉。

十二点都过了的时候，随楠依然没有睡着，她睁开眼睛看着天花板。

然后听见旁边的人说：“怎么了？不习惯？”

“嗯。”随楠说，“地板太硬了。”

然后，她就感觉旁边的人起来了。

一阵窸窸窣窣的声音，迟俞把他那边的被子抱过来和随楠的挨着，然后他躺下来，掀开自己的被窝和她说：“过来。”

随楠沉默两秒，转了一圈，默默滚进了他怀里。

迟俞抱紧她。

随楠的鼻尖贴着他的脖子，半边身体都压在他身上，她动了动说：“这样等会儿你会麻的。”

“不会。”迟俞的手拍了拍她的后背，“别动了，睡觉。”

两人贴得很近，即使打着空调依然能感觉到温度在升高。尤其是迟俞，他的体温比随楠高了不少，随楠贴着他都有种头脑发晕的感觉。

随楠很难在这种境况里沉静下来。

她小动作不断，鼻尖在迟俞的喉结上摩挲，他上下滑动的时候随楠就跟着动。

随楠轻轻挨了一巴掌，听见迟俞无可奈何的声音说："安分一点，你知道抱着你守身如玉是需要多大的意志力吗？"

随楠嗖地抬头。

她的头发扫过迟俞的唇，无比认真地说："我以为你对我没兴趣呢。"

"你在说什么？"迟俞皱眉问。

随楠："就刚刚啊，你进来的时候看起来很淡定的样子。"

迟俞看着头顶，心想这姑娘对他是有多大的误解。

刚刚那瞬间的视觉冲击很致命，女孩儿刚刚洗了澡，吊带的颜色衬得她肤色很白，安安静静站在那里的样子都让他不敢保证自己真的能成为柳下惠。

结果还有更大的考验等着他。

她的身体软软的，抱在怀里也没什么负担。

但是她太不安分了，动来动去，这会儿更是整个人趴在他身上，两人的衣服都很薄，某个位置已经开始有反应了。

但是怀里的人还不自知，皱眉问他："你喜欢胸大的？"

迟俞咬牙："不喜欢。"

随楠："哦。"

她又问："那你为什么对我没兴趣？"

迟俞终于忍无可忍，翻身把人压在身下。

他甚至很恶劣地撞了撞她，问道："现在你还觉得我没兴趣？"

随楠脑子有点空白，她明白那是什么，睁着一双眼睛无辜地看着迟俞。

迟俞贴近他的脸说："宝贝儿，这种天气本来就够燥的，你还一直煽风点火，你说，我该怎么办？"

他存了心欺负她，她这回哑口无言。

不过终究是没做到底，这地方不合适。

迟俞也不舍得。

再次把人抱进怀里的时候，随楠安静了，这次是丁点动作都不敢有，而且奇迹般很快在他怀里睡过去。

从雾尧镇回去后又待了两天，随楠叮嘱老薛要按时复查和吃药之后，就随迟俞他们一起回了怀城，而薛亦梁多留了两天。

推开俱乐部门的时候，随楠有种好像离开了很久一样的感觉。

她上楼整理东西。

下来的时候正好外卖到了，而西西已经在客厅对着迟俞骂骂咧咧了一个小时。

随楠提着盒子进来说："你到底怎么着它了？"

"记仇而已。"迟俞说。

汤益阳过来帮忙摆筷子，笑着说："我们出发前一天迟哥没收了它的罐头。"

随楠："动人口粮，活该被骂。"

回来的第二天，随楠查到了自考成绩，比估计的结果还要高一截。

经多方分析汇总，随楠选择了离俱乐部不远的一所学校，要到九月才开学。

而后没两天，不少和摩托车赛事的相关贴吧论坛等地，就出现了一张照片，是远距离高清摄像头拍下来的迟俞的手机屏保。

说是坐实了车王雷鱼恋爱的传闻。

说实话，随楠自己都没有注意过迟俞的屏保，看到网上的照片后，才让他把手机拿过来看了一眼，还真是那次在宣传照拍摄日抓拍的那张。

周凯让迟俞当作什么都没发生的那个下午。

迟俞就在个人微博上晒了图。

文字：高清照。

看了他操作的周凯险些心梗，深刻教育说：“你要记住，你是一个拥有大批颜粉以及女友粉众多的车手，你知道你会在网上被人骂吗？私底下我管不了，但不秀是能死还是怎么着？”

迟俞显然没听进去，一边看着手机，随口说：“嗯，明天训练。”

这牛头不对马嘴的，都让周凯绝望了。

自己种的菜被人拱了不说，拱的人招摇过市还想把自己给搭进去，周凯决定明天去递交辞呈，就当青春喂了狗。

不过之前的事情早就在大部分人心里有了预警，迟俞自己坐实了传闻，也没多大影响。

随楠身份曝光的时候，有不少不好的声音。

也有人上网反驳说：“麻烦你们诋毁别人之前先照照镜子好吧，人家随楠年仅十八岁，曾也是女车手中的佼佼者，师承薛起朝。知道谁是薛起朝吗？不知道就滚去百度百科。”

“人家随楠好歹有颜，你有什么？键盘？我超级吃那种耐看的脸，而且你去搜搜人家为数不多的照片，全是素颜，随便一张吊打你们好吗？”

“据小道消息传闻，人家还自考了管理学，知道那所大学叫什么吗？××大学，牛吧？”

说实话，这些并没有真正影响到大家切实的生活。

职业赛车，一切靠实力和成绩说话。

七月到来的时候，准备了很久的亚锦赛也即将来临。

出发比赛的前一天，国内各大车队的负责人都去摩协开了会，周凯回来立下毒誓：“这次亚锦赛要是拿不出成绩，涛爷就中年谢顶。”

无辜被诅咒的马涛差点和周凯厮杀一场，还没开始比赛，内部斗争就已经开始打响。

亚锦赛不比国内赛，这是整个亚洲级别最高的摩托车赛事，而且首站就是在国内，这要是被别的人吊打，场面可谓是非常难看的。

随楠跟着车队一起出发。

众神云集的赛事，高手如过江之鲫，车手间的差距甚至是以秒后小数点三位差距计算，每一点点提升，每排高一个名次对车手来说都是弥足珍贵的。

随楠也是第一次参与这样盛大的赛事。

比赛当天空气的温度高达四十摄氏度，赛道温度更是直逼六十。

4.3 公里的珠海赛道是非常具有挑战性的。

候赛区车队众多。

马涛他们搞不清楚人的时候，随楠仔细挨个帮着对号入座。

而本土车队据摩协预测，有望在 1000cc 组别的赛事中去争夺前排名次的人不多。而 YNG 就只有迟俞一人。

马涛是 600cc 组别的，汤益阳等人各自有不同的组别赛事。

随楠做过调查，1000cc 组的目前最厉害的就是日本 BOR 车队的藤田勇树，以及澳大利亚的车手瑞克，这两人实力都很强。

练习赛的时候，藤田勇树的成绩是以 1 分 34.520 秒的成绩排在了第一。

相比较于随楠的焦虑和紧张，迟俞就显得淡定很多，他戴好手套后拍了拍随楠的头顶，笑了下说：“放轻松，看迟哥给你表演。”

第一回合的比赛，果然藤田勇树就用了绝佳的速度和防守技术拿下了第一。不过在排位赛当中，迟俞取代了这位日本车手的杆位，以 1 分 33.968 秒的成绩赢得了在杆位上发车的权利。

至此，拿到了优势的迟俞自始至终控制着这场比赛。

13 圈的比赛结束，迟俞以 164 分的成绩拿下第一。

第二个回合的时候，首发圈藤田勇树并没有发挥好，而原本在第三位置的瑞克赶超上来，两道残影在赛道上激烈焦灼。

三圈转弯的位置，迟俞被赶超。

到了中途点的时候迟俞快速越过瑞克，到达领先的位置。

高清大屏上清晰回放着那个赶超的瞬间。

无论是直播还是现场，气氛狂潮在这一刻被掀了起来。

两辆车撕咬着，盯紧每一个弯道和赛程点，不能出现一丝一毫的松懈和意外。

雷鱼无疑是控场高手，他的速度包括阻挡都非常优秀。

直到临近终点段，瑞克隐约绕前的那个瞬间，很多人都在想最后的赢家似乎要和雷鱼失之交臂了，但是最后一个弯道雷鱼完成了一个完美的超车动作，以 0.056 秒的优势击败了另外两大热门车手藤田勇树和瑞克。

作为这场原本就被万众期待的比赛，也是作为最先打头阵的赛事组别，迟俞最终成绩 20 分 35.618 秒。

YNG 车王雷鱼，在珠海国际赛车场赢得了本赛季的首站 1000cc 组别的冠军。

随楠始终站在后方，看着被簇拥着的那个人。

他耀眼得足以匹配这世上最热烈的掌声、最美好的赞誉。

而这个人，是她男朋友。

他抱着头盔从赛道上下来的时候，随楠远远就看见了他。他大步流星走过来，对一直跟拍他的远程摄像置若罔闻，靠近了，直接低头亲了随楠一口。

随楠第一次不在乎时间，不介意地点。她踮着脚，手挂着他的脖子回应着他的吻，周围似乎响起了很多掌声。

而她，只想迎接她载誉而归的爱人。

亚锦赛首站结束的那天。

五十二楼的酒店窗台能看见天空繁星点点，莹莹月光洒了一地。

室内柔软的大床上，随楠穿一身薄纱一样透明的睡衣，勾勒出朦胧又充满美感的身材曲线。

某个刚刚进门的人扯了扯领口的扣子，凑近了，恶意般一口咬在她的脸侧说：“故意的？”

随楠伸出舌尖扫了扫他的唇缝，笑着说：“对啊。”

迟俞下腹绷紧，双手撑在她身侧，打算起身。

随楠并未如他所愿，反而拉着他俯身下来。

他低声问她：“你知道你刚刚的动作意味着什么吗？”

随楠明知故问：“意味着什么？”

“意味着你一旦决定开始，中途由不得你喊停。”迟俞话刚落，已经俯身下来了。

番外一
/ 深深眷恋，牢牢抓紧

随楠念书的学校和俱乐部只有不到二十分钟的车程。

她忙着学业的同时，跟着周凯开始接触各种车队管理模式、经营理念，后来甚至自发跟着一个业内官方的体验项目去学习了半年。

她一步步踏实地往前走，而迟俞也在同年亚锦赛上拿下了三个赛程的冠军，国外的比赛随楠因为读书原因，没有全部跟着跑，但是她关注他每一场比赛。会因为他的成就收获荣耀，也会为他的失利体会他每一刻心情的变化。

随楠的校园生活一直过得很平稳。

她足够努力，成绩一直名列前茅。

受新交的几个朋友的影响，她偶尔也会化个淡妆出门。

她自己完全不觉得，但是周围的人见证了她一步一步蜕变的过程。从内到位，她如脱胎换骨一般变得越来越优秀。

追她的人开始变多了。

但是每次随楠说自己有男朋友的时候都没人相信，她也不知道为什么。

和她交好的女生说："能为什么？自然是因为只见你说却从来没有见过人。"

随楠："他很忙，已经出国一个月了。"

这个时候随楠已经升到了大二，迟俞因为国外的一场集训和赛事一个月不曾归国，随楠也没抽出时间去看他。

但是每天的电话视频都不会少。

时间好像也没有冲淡彼此的感情，她始终会在每一次分离后重聚的时间里，感受到那种心动，会因为他偶尔的一句话就心跳加速。

YNG 这两年发展得越来越好了，在其他车队停滞不前、车手衔接不上的情况下，YNG 就如同鹤立鸡群一般。

除了像马涛他们这种老牌车手，优秀的新人也冒头不少。

不过最逗的是半年前由唐教练选拔出来的一群新人，其中有个十几岁的小男生声称对随楠一见钟情，追着她跑了大半个月。

后来无意中见着自家常常神龙见首不见尾的队长，把他梦中的女神抱在怀里亲了很久，幼小的心灵一度受到创伤和打击，说是要退赛。

为这事儿，唐教练把迟俞叫去好一顿教训，并且明确警告说以后在俱乐部里让他注意自己的个人言行。

某人后来干脆在随楠学校旁边买了个房子，跟唐教练说的话是："你以为我乐意让别人看？"

他要能把人藏起来，估计早动手了。

这一次分开得的确是有点久了，从随楠和他在一起之后的这两年里，他们从来没有超过一个月的时间不曾见面。

刚好学校放了一个星期的假期，随楠没有告诉迟俞，决定偷偷去看看他。

这次集训在英国，随楠到达的时候，当地时间是下午三点钟。

他们集训地是越野场，比较偏，条件也一般。

住的是宿舍，不过唯一还算好的，就是一个人一间。

这边是允许人来的，之前周凯还陪迟俞在这边待过一个星期，后来说是受不了一堆外国佬成天挤在一起那味儿，自己收拾包袱麻溜滚回了国。

随楠拿到迟俞宿舍的钥匙后，径直过去了。

车手都还在训练场。

宿舍空间不大，也就二十平方米左右，迟俞的房间很整洁，因为这人其实有点洁癖，他自己住的地方都得保持一定的清洁度。

在宿舍里转了一圈，随楠没来由地竟然紧张起来。

半个小时后，门锁突然传来了一点声响。

开门的瞬间，迟俞就发现有人突然朝自己跳过来。看清楚来人的瞬间，他牢牢将人接住，意外地问："你怎么来了？"

随楠搂着他脖子，笑了下说："突然袭击啊，看看你有没有偷偷在这里藏了别的女人，我可听说你们集训营里有不少身材火辣的女车手。"

迟俞失笑，说："你随便查。"

"你回来之前我都已经看过了。"随楠说。

和视频里不同，亲眼看见了，随楠才发现他整个人不仅仅黑了一点，好像还壮了不少，随楠的手捏了捏他的胳膊，完全是一块很硬的肌肉。

迟俞抱着她坐在床沿上，她问他："最近健身了吗？"

"嗯，每天训练完都会在健身房待会儿。"

随楠："受外国男人影响？"

“不是。”迟俞咬了咬随楠的耳垂，哑声说，“发泄精力而已。”

随楠：“……”

迟俞正准备放下她，说：“你先自己待会儿，我洗个澡，身上都是灰。”

随楠抱着他不放，迟疑了会儿，问他：“要不要一起洗？”

迟俞揽着她腰的力度骤然收紧，站起来，轻松抱着她进了浴室。

随楠醒来的时候迟俞还在身边。

他明明还未清醒，却先一步将她揽进了自己怀里。

随楠说：“迟哥。”

“嗯？”他声音还没怎么清醒。

随楠往他怀里靠了靠。

迟俞低头亲吻了一下随楠的额头说：“你想好的时候，我们就扯证，毕业就办婚礼。其实，我很早就预想过这个未来，只等你的答案了。”

成年的世界里，遇见喜欢已属不易，相爱更难。

番外二

/ 他的全部

随楠在毕业那年是拿着结婚证，怀着孕毕业的。

堪称人生赢家。

十月怀胎，随楠放弃了当时一个很好的工作机会，选择了生下迟小霖这么个小调皮蛋。儿子是雷鱼的小翻版，从小就能看出小帅哥的潜质。

并且他是个超级摩托车控，各种机械玩具摆得整个房间都放不下。

迟小霖稍微长大点后，随楠恢复了自己的工作。

她独自带着车队，培养车手，带出去比赛。

这一年也是迟俞赛车手生涯最重要的一年，他在世界摩托车锦标赛上拿了冠军。但那永远不会成为他的终点，只是又一个新的起点而已。

这些年迟俞见证随楠的蜕变，随楠同样也见证了迟俞一路前行。

因为比赛结束后有一段休息时间。

儿子就扔给了迟俞一个人带。

随楠出差之前都能预想到家里鸡飞狗跳的样子，也能想到迟俞崩溃的表情。

不过出乎随楠的预料。

第一天，什么也没发生。

第二天，很平静。

第三天，还是很平静。

随楠就给家里阿姨打了电话。

阿姨笑着说：“放心吧，迟先生每天带着儿子出门骑车，玩得可开心了。”

随楠当场不淡定了。

她给迟俞打电话说：“他才三岁！”

“三岁不小了。”迟俞说。

看着视频里迟小霖很开心的样子，随楠也就不想说什么了，她想起很久以前自己坐在他后车座，他说你在后面，安全才是最重要的。

他知道分寸在哪儿。

他们在一起这么长时间很少会因为分歧吵架，随楠能真正扎下根，是因为这个人给了她真正家的感受。

他们在很年轻的时候就相遇了，但是随楠的过去导致她没处在一个特别纯粹的状态里。迟俞也因为脱离普通人的路，早早承担起责任。

他们在最好的年华里相遇，但是又刚好遇见了当时那样的自己。

这大约也是他们能一直走下去的理由。

随楠后来再去上学，有时候都会想，如果他们当时遇见的时候都只是个普通的大学学生，那样的随楠和迟俞或许这辈子都不会有交集。

这一生不会遇上这样一个人，不能和他走到一起。

随楠都会觉得好遗憾。

随楠学不会怨天尤人，所以在迟小霖的教育上，她也任由他野蛮生长。就如同他的亲爹。那个走出国门冲向亚洲乃至世界的男人，一定是他这辈子最棒的偶像。

随楠出差回去的那天，正好赶上迟俞生日。

生日每年都过，没有什么不同。

他们带着迟小霖出去吃的晚饭，吹了蜡烛，吃了蛋糕。

迎着夜晚轻柔的风，踩着脚下碾碎的枯叶，一直朝着家的方向走。

迟小霖一边拉住妈妈的手，一边拉住爸爸的手。

他简单的世界里，这就是他的全部。

随楠在一棵梧桐树底下停下，时间的流逝都留下了一些痕迹，随楠看着另一边的那个男人，她喊：“迟哥。”

这么久了，她偶尔还是习惯这样叫他。

迟俞看过来。

随楠说：“今年的生日愿望许了什么？”

迟俞放开儿子改牵着她说：“希望生活可以一直这样平淡下去。”

他说着伸手盖住儿子懵懂好奇的目光，倾身吻住了随楠。

随楠勾着嘴角，笑容里也有温柔岁月的力量。

她说：“我在你每一年生日的当天，闭上眼睛许愿的那刻，都会心想，我多庆幸这一生遇上的那个人是你。”

你存在的意义胜过世间万千，没有什么比你更让人觉得人间珍贵。